당신의 일곱 개 가방

당신의 일곱 개 가방

정미형 소설

알렙

작가의 말

파도가 다가오는 모습을 아주 오래도록 본 적이 있다.

개개의 파도는 단 한 번도 똑같은 적이 없었다. 파도가 밀려와 모래톱을 적셔놓고 가는 그 물결의 율동도, 바닥에 그려놓는 거품의 궤적도, 모양도, 당연히 달랐다. 어떤 낮은 파도가 몰려와서 잠깐 땅의 등을 핥고 물러날 때도, 또 다른 높은 파도가 기세 좋게 쳐들어와 그 소란한 뒤척임으로 웅장하게 철썩이고 부서져도, 파도는 모두 각각 다른 거품 자국을 남기고 사라진다는 것을. 끝없는 부딪힘에 또 다른 파도의 모습을 기대하고 기다리고 그리워한다. 나이가 퍽 들어가도. 모든 파도는 바다의 똑같은 자식들. 반복되고 빛나고 스러진다. 소설처럼.

내가 알고 있었던 혹은 나를 지나쳐 갔던 사람들은 어떤 거품을 남기고 사라진 파도였을까? 나는 언제까지 그 파도가 휩쓸고 간 헛헛하게 남은 자국에서 조개껍데기를 줍듯 문장을 고르고 인물들을 매만져 사람들의 이야기를 뒤이을 수 있을까?

사라진 이들의 모습은 때때로 내 마음에 오래 남아 또 다른 인물 속의 파도가 오기를 기다리듯 다시 글을 쓰게 된다.

이 물결이 지나고 나면 다른 어떤 것이 여기에 모여드나 궁금해지는 마음이 끝없는 소설의 파도를 반복한다. 그렇게 한 번만 더 보고 가버려야지 하다가 발목이 잡혀 버렸다.

여덟 편의 소설을 첫 작품집으로 묶어 내게 되었다. 하나하나 고르다 보니 여덟 편의 소설 가운데 대부분이 떠나는 자들이거나 혹은 어딘가를 거쳐 온 이들의 이야기였다. 나의 소설 속 인물들은 모호한 공간 속에서 떠나와 어딘가 모를 곳으로 걸어 나가는 이들이 많다. 오래전의 시간을 더듬어 익숙한 장소를 찾아오는 이들도 있기에 그 여행자의 뒷모습이 때로 수고롭기도 하다. 소설 속의 인물들이 들고 있는 가방에서 가을날의 어느 철로변의 여행자 숙소 숙박권이나 한겨울 강원도로 가는 시외버스 승차표를 찾아볼 수 있을 것이다.

이곳을 떠나는 이들과 지나간 과거에서 돌아오는 이들이 모여 지금 나의 소설 속 공간과 시간을 짜놓았다. 거미줄에 매달리듯 힘겹게 살아 있거나 파도치는 바닷가의 흩어지는 포말처럼 한 순간 부서진다. 하지만 나의 폐 속의 공기만큼이나 소중한 밀도로 그 사람들은 숨쉬고, 그림자와 닮은 이야기들을 남긴다. 그래서 이 소설집은 오직 그들이 왔다 간 것을 기록한 것일 뿐이라고 말하고 싶다.

송정 바닷가의 한 정류장이었다. 한 여자가 내게 다가왔다. 커다란 은색의 여행 가방을 끌고 다가와 충청도 어느 소도시로 가는 길을 물었다. 진천으로 가는 가장 가까운 버스터미널이 어디 있는지 물었다. 싸늘한 겨울 날씨에 얇은 옷차림과 억양이 낯선 여자는 떠나는 흥분과 낯선 두려움을 함께 안고 있었다. 자신이 북한에서 온 사람이라고 했다. 충청도 진천의 어딘가로 당장 일자리를 찾아 떠난다고 한 여자는 스마트폰을 사용하는 것도 지도를 읽어내는 것도 어려워했다. 짧은 만남 끝에 여자는 기차역으로 가는 버스를 타고 떠났다. 여자는 그날 밤 어두워지기 전까지 그곳에 닿았을까? 여자는 어떻게 이곳으로 왔고 그리고 그 낯선 곳에서 무슨 일을 하며 누구를 만나게 될까?

잠깐 스쳐간 여자의 목소리와 눈동자가 내 기억에 남았다. 나의 삶에서 그렇게 만난 사람들이 내게 희미하지만 강렬한 이미지가 되어 서성인다. 그리고 더 깊어지면 또 한 사람의 소설 속 얼굴로 나타나게 될 것이다. 그 여자가 가지고 있던 커다란 은색 여행 가방에게 행운이 있기를. 그리고 나의 소설을 읽게 되는 당신에게도 늘 감사와 행복이 머물다 가기를 바란다.

책을 내는 데 도움을 주신 출판사 관계자와 나의 곁에 있는 이들, 그리고 나의 글의 원천이자 문장의 처음을 눈뜨게 해준 나의 어머니에게도 감사를 보낸다.

2017년 12월
정미형

차례

초록 아보카도가 있던 방

마시지 못하고 두고 온 와인이 생각나는 순간이었다. 그것은 도서관 어디쯤 어쩌면 사무실 어느 구석에 아무도 열지 않고 십 년쯤 묵혀진 채 있을지도 모른다. 그리고 열어 보지 않고 두고 온 복정이 내게 준 오래전 편지들도 떠올랐다. 신어 보지 않고 묵혀 둔 나의 운동화들. 구석자리에 둔 노란빛의 우산. 그 어떤 날에 이런 것들을 떠올릴 거라고는 생각조차 못했을 것이다. 읽지 않고 두고 온 책에 대해서는 할 말이 없다. 작은 개인 도서관의 관장이었던 나에게 남기고 온 책들은 마치 돌보지 않고 버리고 온 아이들 같았지만, 모두가 기억 속에 묻어 버리고 온 듯 아쉬움은 하나도 없었다. 초록빛 아보카도가 자줏빛으로 변하고 있을 방도 떠올랐다.

　나는 다시 그 작은 집을 생각하고 있었다. 희미하게 불이 켜진 어린 날의 작은 판잣집. 아버지의 도서관이 아닌, 스웨터를 뜨개

질 하던 젊은 어머니가 있던 작고 낡은 집을. 어릴 적의 그곳이 도대체 지상의 어느 곳에 있는지 알 수 없지만 빛이 뚜렷하게 비추어 들어오는 그 집 창문 밖은 이상하게도 기억 속에 늘 초록빛이었다. 어머니는 그곳에서 어떻게 살았던 것일까? 그리고 어떻게 어머니 없이 나 혼자 아버지 곁으로 왔던가? 예순다섯 해를 살다 간 아버지는 어머니의 이야기만은 해주지 않았다. 두 개의 대바늘이 교차하면서 하루하루 만들어졌던 모헤어 스웨터를 결국 나는 입지 못했을 것이고, 나는 그곳을 어쩌면 너무 일찍 떠나왔는지 모른다.

· ·

그 집으로 가는 길은 몇 달 전 도서관 이층의 열람실 810으로 시작하는 책의 진열대를 거쳐 가면서 어렴풋이 떠올랐다. 〈810. 3125〉 책은 마치 지문처럼 그 자리 그 번호로 존재한 듯 오도카니 꽂혀 있었다. 책에도 이름과 번호와 고유한 향기가 있다는 것은 이미 알고 있지만 책에서 그런 기억이 흘러나올 줄은 몰랐다. 책은 자기만의 은둔지가 분명 있다는 것이다. 책은 유령의 도시를 건너와 여기라 불리는 곳에서 작은 집을 찾아가는 이에 대한 소설이었다.

발간된 지 십 년이 넘은 소설책들은 늙어 가는 자매들처럼 익숙했다. 그런 소설들이 모여 있는 이 서고 앞에서 오후의 빛과 그림자가 도서관의 차양 사이로 어우러졌다. 어머니가 한때 책을 발간한 적이 있었던 소설가였다는 것을, 혹시 어머니가 쓴 소설책을 찾는다면 어쩌면 어린 시절의 집으로 가는 길을 찾을 수도 있다는 것을 수없이 생각했었다. 하지만 어머니의 이름으로 나온 그 어떤 책도 찾을 수가 없었다. 책들이 꽂혀 있는 서가에서 문득 그 집으로 가는 길을 떠올린 것도 그나마 나의 나쁘지 않은 기억력 덕분이었다.

한 줄기 석양빛이 차양 너머 사선으로 교차하는 지점에서 우연히 책 한 권을 꺼내들어 읽었던 그때, 햇살 속으로 눈송이 하나가 떨어져 내렸다. 점차 커져 갈 눈송이였다. 잠깐 책의 어느 부분을 읽었던 그날 이후 눈은 하루하루 끝없이 내렸다. 그리고 지금 이곳은 눈으로 인한 재난경보가 내려져 버린 것이다.

책의 몇 구절을 읽자 내 머릿속에서 집을 떠나올 때의 나의 쓸쓸한 마음이 그대로 느껴졌다. 이것은 어쩌면 어머니의 소설책이 아닐까 싶을 만큼 몇 줄의 문장은 내 마음을 장악하고 울게 했다. 그리고 그날 밤 눈이 쏟아졌으며 어느 순간 책도 잃어버렸다. 책의 이름이 기억나지 않았다. 누군가 대출해 갔는지 조회를 해볼 수도 없었다. 책의 표지는 닳아 있었고 이끼 빛의 진녹색이었다. 책은 흔적도 없이 그 많은 책의 더미 속으로 사라졌다.

웃어야겠다고 마음먹었다. 마음을 다잡고 귓속으로 어떤 소리들이 암호처럼 빠르게 재생되는 것을 들었다. 그 소리는 언젠가부터 내 몸속 세포 어딘가에 박혀 있는 본질 같은 것이었다. 추위에 뻣뻣해진 다리가 움직이지 않았고, 어딘가 피가 빠져나가고 있는 듯했다. 어제 내가 했던 말이 다시 되감기하듯 들려왔다.

'우리는 언젠가는 눈 속에서 얼어 버리고 죽어 버릴 것이다. 그때가 언제인지 알 수 없지만 이곳을 빠져 나가지 못하고 죽는다면 그것은 오직 눈 때문일 거라는 것을 알아야 한다. 그 어떤 이유도 아니고 오직 눈. 조각조각 떨어져 내리는 시리얼 같은 눈. 사람이 한 일은 아무것도 아니야. 하늘에서 떨어지는 눈만이 이 세계의 끝이라는 것을 밝혀 둔다.'

내가 도서관 현관에 남기고 온 글들은 아마 나의 마지막 당부가 될 것이다. 그 글귀를 누가 읽을 것인가? 도서관을 떠나오면서 나는 누구를 향해 걸어갔던가? 어쩌면 복정만이 내가 이곳에 있다는 것을 알 것이다.

· ·

처음 이곳에 도서관을 세운 나의 아버지는 원래 작은 개인 박물관을 만들려고 했었다. 수풀과 나대지로 뒹굴던 이곳을 사들여 벽돌을 쌓고 조금씩 증축하고 개축하여 도서관을 지었다. 그리하여 말년에 자신이 여행지에서 가져온 기념물들과 가지고 있던 책들로 작은 기념관을 만들었다. 그것은 벌써 십여 년 전의 이야기였다. 그 책들은 아버지가 작가가 되기 위해 읽으려고 한 책들이라고 했다.

도서관은 도시의 작은 산 가까이에 위치했고 멀리서 보면 바다 위에 꼭대기를 조금 내놓은 듯 위장한 잠수함처럼 보일지도 모른다. 도서관의 이름은 아버지의 성과 어머니의 성을 합친 '이설'. 그러고 보면 그 이름만으로도 아버지가 어머니를 영 잊은 것은 아닌 듯했다. 단 한 마디도 어머니에 대해 이야기를 하지 않던 아버지는 고집불통 노인이 될 뻔한, 장년과 노년의 접경인 예순다섯이라는 기묘한 타이밍에 돌아가셨다.

이곳은 어떤 이름으로 검색을 해봐도 찾을 수가 없다. 어쩌면 누구도 이곳을 도서관이라 생각하지 않는지도 모른다. 나와 마재순, 그리고 이곳을 십수년 이용해 오던 애서가들을 빼면 그럴 수도 있었다. 그러므로 다른 이들은 이곳을 도서관이라기보다 아주 오래된 사진관이나 스튜디오 아니면 낡았지만 몇몇 이들만을 위한 이국적인 커피점 같은 곳으로 생각하기도 했다. 도서관 외관이 둥근 돔 모양이라 아름다워 보였다. 누군가는 이곳이 시의 관리를 받고 문화재 등록을 하려는 곳인지 궁금하다며 물어 오기도 했다.

이 도서관 벽의 회색 벽돌을 타고 오르는 담쟁이덩굴은 아버지가 손수 심어서 자라난 것이었다. 아버지가 심은 그 식물은 겨울 동안 죽은 듯 있다가도 여름이면 어김없이 건물을 타고 오르며 물의 흔적처럼 번지고 있었다. 그것만으로도 이곳은 내가 죽은 아버지에게서 영 벗어나지 못하고 있다는 것을 환기시켰다. 그러니까 마흔다섯 미혼인 나에게 이 도서관은 죽은 아버지의 영광이자 남은 굴레이기도 했다. 언젠가부터 관리와 경영에 어려움을 겪고 있기에 거추장스러운 벽돌집 도서관이라고 말할 수도 있었다.

지금 이곳 도서관은 눈에 푹 싸여 있다. 눈은 빙하의 고요한 바닷물처럼 차올랐다. 눈 속에 파묻힌 도서관은 빙하의 풍경처럼 적막했다. 때로 눈에 덮인 건물과 집들은 잘 포장된 크리스마스 선물

세트처럼 어디론가 막 배송될 것 같았다.

"언제고 우리는 눈에 찌그러져 버릴 거야. 눈에 갇혀서, 얼어 죽은 새 새끼처럼."

창문 앞에서 그날의 운수를 점치듯 마재순이 소리를 질러댔다. 창밖 어딘가에 누군가 들어줄 사람이라도 있는 듯 그녀는 창밖에 쌓인 눈을 보며 주먹질을 해댔다. 그 울림의 뒤에는 무거운 침묵이 돌아왔다. 눈은 소리를 깨끗이 흡수하는 방음제 같았고 갈수록 두껍게 사위를 막았다.

나는 마재순의 목소리를 들으며 다시 가방을 정리하기 시작했다. 언제부턴가 시간만 나면 가방을 정리하는 습관이 생겼다. 오래전 이곳에 지진이 날 때마다 비상시를 대비한 훈련을 하듯 나는 가방을 정리하고 구호물품을 챙기고는 했다.

내가 어린 여학생이었던 수십 년 전, 학교의 지하 강당으로 수백여 명의 여학생들이 대피훈련을 하느라 줄지어 들어간 적이 있었다. 우리는 일사불란하게 어두운 통로를 지나 지하 강당의 나무의자에 앉아 희미하게 들리는 방송에 귀를 기울였다. 그날따라 라디오에서는 전투기의 소음이 유난히 크게 들려 왔다. 희미한 불빛조차 완전히 가린 검은 커튼 사이로 민방위 훈련임에도 키득거리던 어린 여학생들이 불려나가 뺨을 맞았다. 훈련 담당 선생인 여교관은 미션스쿨인 그 학교에서 독종으로 이름이 난 교사였다.

'독가스에 대비한 화생방 훈련이야. 이게 우습니? 입술을 깨물고 숨을 꼭 참아라. 여기가 어디라고?'

우리는 그때 모두 눈을 감고 그곳이 지옥이라도 되는 듯 상상해야 했다. 우리의 상상 속 지옥은 독가스라는 이름으로 우리의 코와 목과 폐에 회색빛의 가스를 밀어 넣어 가슴이 타들어 가게 하는 무시무시한 재앙의 한가운데였다. 억지로 숨을 참고 마스크로 가짜 가스를 막아내려다가 몰래 웃음까지 터지려던 그때, 군복을 개량한 것 같은 옷을 입은 여교관은 인형처럼 서 있었다.

'저렇게 쌍꺼풀 수술을 하고 저런 옷을 입으니 안 어울리잖아.' 친구들이 속삭였다. 지하실 강당에서 우리는 무용을 하거나 왈츠를 배우고, 비 오는 날 체육 활동을 하기도 했었다. 여교관은 학교의 기강을 바로잡기 위해서라며 늘 소녀들의 용의 검사를 주로 하고 다녔다. '치마 주름 다려 입어.' '교복 칼라가 누렇게 되었구나. 빨아 입고 다녀.'

쌍꺼풀 수술을 하고 얼굴이 탱탱해지도록 마사지를 받았던 여선생은 지휘봉을 들고 불룩한 가슴이 더욱 드러나게 허리를 벨트로 졸라매었다. 그 교사의 교관복은 오래도록 기억에 남았다. 어쩐지 그 옷은 그 여교사에게 가장 잘 맞는 것 같았다. 그때, 하루하루가 비상사태 같았던 때였다.

· ·

다음에 들려올 메시지는 무엇일까? 습관처럼 가방을 정리하고 또 정리하기를 반복한 지도 무려 두어 달이 지났다. 가방 속에는 몇 장의 기능성 방한복과 비상식량과 여권이 있었다. 또한 가방 속 작은 포켓 안에 나의 이력 사항과 건강 상태를 기록한 카드도 들어 있다. 이런 카드 안에 자신이 기르던 애완견이나 가족 혹은 친구들의 사진을 넣는 이도 있다고 들었다. 열 개씩 묶은 초코바가 두 봉지 들어 있는 것을 확인했다. 뭘 더 넣을 것이 있을까? 그렇다. 그 책을 찾아야 하는데 도대체 기억나지 않는다. 단 한 권의 책만 넣으면 되는데. 어쩌면 어머니가 썼을 수도 있는 그 책. 책 속 몇 줄 문장만으로 내가 떠나온 옛집으로 가는 길을 떠올리게 한 그 책을 이 넓은 도서관에서 도저히 찾을 수가 없었다. 여행자 한 명당 가방의 최대 무게는 정해져 있었다. 나는 딱 그만큼 중량 500그램 정도는 남겨두었다.

눈을 향해 헐떡거리듯 볼멘소리를 질러댄 마재순은 한 번도 가방을 챙긴 적이 없다. 도서관의 오래된 관리인이자 청소부, 이곳 식당의 요리사이기도 한 마재순은 요즘 들어 더욱 사는 맛이 나는 듯했다. 그녀는 유일하게 남은 나의 도서관 직원이다. 눈이 쌓인 도서관의 뒤뜰을 돌아다니며 그나마 이곳이 예전과 조금도 다름없는 곳이라는 것을 알려주고 있었다. 하지만 도서관의 빈터를 덮은 눈을 쓸어야 한다는 근로 계약 조건이 유지되고 있다면 마재순 또한 벌써 도서관을 떠나 버렸을 것이다. 아니 어쩌면 그렇게 좋아하는 현관 천정의 멋진 전등 끝에 목을 매달았을 수도 있었다.

도서관도 보름 전쯤 문을 닫았다. 길이 눈에 파묻히면서 책을 대출하지 못하게 되었고 도서관의 기능은 마비되었다. 늘 정확한 시간에 도서관으로 책을 읽으러 오던 이들 중 책에서 얼굴을 들지 않고 시를 베껴 쓰던 일흔의 시인 지망생이 걱정되었다. 다리를 절던 전직 화물차 운전사였던 이도 이제 이곳에 발을 들이지 못하게 되었다. 재난경보는 아직 그대로였다. 사람들은 이곳에 얼마 있지 않아 비상사태가 선포될 거라고 말했다.

때때로 상상력은 더 부풀려져 사람들은 눈길을 뚫어 터널을 만들고 몇 킬로미터를 걸어서 도로와 산길이 구별되지 않는 눈 속의 길을 걸어 이곳을 빠져 나가는 일이 생길 거라고 했다. 그럴 때 손전등을 꼭 준비하라고 서로 당부했다. 그러고 보면 어떤 대책이 일어나지 않는 한 이 도서관이 예전처럼 문을 열고 책을 대출하는 일은 없을 거라고 했다.

어쩌면 어딘가에 묻혀 있는 방사능 폐기 물질이 눈에 남아 있을 거라는 두려움에 사람들은 눈에 대해 깊은 의혹에 빠져들었다.

"토끼인 줄 알았는데 이런, 이만큼 커다란 쥐 한 마리가 눈 속으로 빠져 나가는 것을 봤어요."

아침나절 눈이 잠시 그친 뒤뜰에서 소리치던 마재순이 손에 들고 온 것은 눈 속에 박혀 있던 술병이었다. 다른 한 손에는 오후 나절 먹을거리를 찾아다니다 꺾은 빨간 먼나무 열매를 들고 있었다.

"누가 마시다 버리고 간 술병일까요?"

이곳에 이렇게 사람이 있었던 흔적이라도 남아 있는 게 어디인가? 마재순이 건네주는 목이 긴 술병은 하얗게 얼어 있었다.

얼마 전까지 간혹 눈길을 뚫고 책을 대출하러 찾아오는 이들이 있었다. 하지만 재난대책본부가 발령한 지침에는 지난 이 주일 이후부터 집 밖 200미터 이상의 거리는 혼자 다니지 말라는 행동강령이 있었다. 눈이 쌓인 저지대에 자칫 매몰될 수 있다는 위험 경고였다. 하지만 눈 속에서 끝없이 내리는 눈을 보는 무료함과 더 이상 기다릴 것 없이 하루하루를 견디는 무기력이 눈에 매몰되는 위험보다 더 위험했기에 그들은 모험을 대신할 유일한 재미로 삽을 들고 눈을 치우면서 도서관으로 천천히 걸어 왔었다.

사람들은 대출 기능이 사라진 도서관 열람실에 와서 화를 냈으며 열람실의 의자를 파손하기도 했다. 그때 도서관의 유리창이 여러 장 깨졌다. 유리창이 그렇게 깨진 적은 이전에 한 번도 없었다. 몇 년 전쯤 가장 강력한 태풍이 늦여름 이곳으로 몰아쳐 도시의 가로수를 뿌리째 뽑아 놓았을 때도 유리창은 멀쩡했다. 그때도 유리창은 물 밖에 나온 조개처럼 건재했었다. 한때 숲에 떠도는 까마귀 떼들이 미친 듯이 유리창을 향해 떼로 부딪혀 죽어가는 기현상이 있었을 때도 그랬다. 그게 지진의 전조라는 이들도 있었지만 지진 구름처럼 그것은 아무도 알 수 없는 현상으로 남았다. 기록적인 폭우와 돌풍이 불어왔건만 유리창은 건재했다.

"어찌해서 이 도서관은 까닭도 없이 튼튼하게 지어졌는지 도무지 알 수 없어."

오래전 전기배선이나 벽돌 사이의 누수를 점검하기 위해 일을 하던 인부들도 지나가는 말로 이곳은 못 하나 들어가지 않게 돌덩어리처럼 단단하다는 말을 하고는 했다. 그들은 이곳이 다른 건물

보다 두 배는 더 오래 존속할 거라고 했다. 마재순도 도서관의 계단을 청소하면서 그랬다. 백년은 더 오래 버틸 거라고. 도서관을 지은 나의 아버지가 어쩌면 이곳을 영원한 궁전으로 만들려 했는지 모른다.

오래된 유리창이 깨어지자 마재순은 얇은 판자로 그곳을 메웠다. 일주일 전에는 보안 기능이 없어진 틈을 타고 수십 권의 책이 없어지기도 했다. 하지만 그 책은 다시 찾고 싶지 않았다. 누군가 언 발을 녹이기 위해 그 책들을 불태웠다 해도 어쩔 수 없다. 감시할 인력도 처벌할 기관도 눈에 매몰된 채 없어졌다. 오히려 언 발을 녹일 불쏘시개라도 되었다면 기쁘겠다는 생각이 들었다.

그저 문을 잠그고 귀를 기울이며 폭설의 시기가 지나가기를 기다리는 수밖에 없었다. 날짜가 어떻게 흘러가는지 알 수 없었다. 일주일 전인지 하루이틀 전인지 기억이 희미해지기도 했다. 눈이 내리는 것 외에 그 어떤 일도 일어나지 않았다. 마재순이 끓여온 레몬차를 마시며 나는 눈이 폭풍을 몰고 와 사나흘 쏟아져 내리는 것을 지켜보았다. 눈은 어쩐 일인지 전혀 녹아내리지 않는 것 같았다. 사람들은 눈이 이제 예전의 그 순수한 눈이 아니라고 했다. 눈에 너무 많은 불순한 물질들이 섞였고, 그래서 눈이 천천히 거품처럼 변한다고 말하기도 했다.

단지 소문일 뿐이지만 이 소문이 진실이 될 수도 있었다. 너무도 오랫동안 순수하다는 눈이 이 도시를 재앙으로 빠뜨리고 얼어 버리게 하고 있었으니 당연하기도 했다. 어떤 날은 구름 한 점 없이 맑은 하늘을 보이며 해가 빛나기도 했지만 눈은 녹아내리지 않았다.

"우리는 이제 뭘 해야 하지요?"

나는 두려워서 마재순에게 물었다. 그날도 눈은 맹렬한 육식동물처럼 도서관의 창밖에서 으르렁거렸다. 시야가 어두워지고 마치 온 세상에 눈 외에는 존재하는 것이 없는 듯했다. 길이 얼어붙고 도시의 도로는 사라지고 그러다가 눈에 묻혀 버린 버스조차 어딘지 모르게 흘러가 버리고, 상상만 하던 눈의 물성이 괴물이 되어 사람의 삶을 장악해 버리고 있었다. 시시때때로 눈은 불어나는 거품덩어리처럼 차갑게 삶의 빈자리를 차지해 버렸다. 마치 '눈의 행성에 오신 걸 환영합니다'라는 플래카드만 홀로 펼쳐져 펄럭이는 것만 같았다.

"그저 레몬차 한 잔 정도 끓여서 청주를 타서 마실 수밖에 도리가 없어요. 레몬이 많이 시큼하니 정신 줄을 꽉 잡는 덴 그만일 거예요."

마재순은 레몬차를 우려 왔다. 자신의 찻잔에는 식당에 남은 청주를 서너 방울 탔다. 마재순이 매년 레몬이나 유자로 청을 만들어 온 탓에 도서관 식당에는 레몬청이 꽤 남아 있었다. 오래된 레몬차는 그런 대로 맛이 있었다.

· ·

눈이 멎고 해가 떠올랐지만 새로운 광물질로 태어난 듯 눈은 녹지 않고 눈부시게 빛날 뿐이었다. 강렬한 그 빛에 눈이 멀 것만 같왔다. 우리가 레몬차를 마셔 가며 하루 종일 뉴스를 듣고 하늘을 바라보는 동안 시간은 눈 위를 훑고 가는 바람처럼 재빠르게 흘렀고 도서관 밖 눈은 거대해졌다. 결국 도서관 창문에는 차양이 내려졌다. 그리고 나에게는 일이 없어져 버렸고 많은 이들이 하던 일을 멈추었다. 버스를 운전하던 운전기사에게도, 슈퍼마켓에 물건을 배달하던 이에게도, 명절에도 문을 열던 만두가게의 늙은 부부에게도 일이 없어졌다. 세상이 전부 휴무였기에 누구 하나 직업이 없어졌다고 불평할 수는 없는 것 같았다.

"크게 보면 손해날 게 없네요. 좀 덜 쓰고 덜 만들어 내는 것뿐이니."

마재순이 자신이 먹는 음식을 반으로 줄이겠다고 말한 대목이었다. 직업을 잃는 것은 눈 속에 파묻히는 것보다 더 두려운 일이라고 나는 생각했다. 도서관은 문을 닫았고 도서관에서 열리던 강연들도 취소되었고 도서관 시설을 이용하던 전시회도 문을 닫았다. 당분간 먹고 사는 일에도 힘이 들 것이다. 하지만 마재순은 그렇지 않았다. 그녀는 눈 위에 찍힌 발자국들의 모양을 보고 간밤에 무엇이 왔다 갔는지 궁금해할 뿐이었다. 어떤 날은 꿩의 발자국을 찾아냈다고 자랑하기도 했다. 내게 재앙이 마재순에게는 축제인지도 모른다. 재앙은 눈이 아니라 눈을 보는 나의 눈일지도 몰랐다.

세상의 이야기들은 그저 뉴스나 채팅을 통해서만 들려왔다. 눈에 대해서 가까이 있는 그 누구와도 이야기를 나눌 수가 없었다. 정말 눈에 의해 우리가 갇혀 버렸는지, 이곳이 아닌 다른 곳에는 이런 눈이 내리지 않는지, 그리고 이렇게 쌓여 버린 눈은 어쩌면 누군가 만들어 놓은 거대한 세트장은 아닌지, 그 어떤 것도 알지 못한 채 마치 몸에서 뿔이라도 생겨난 듯 이물감을 참으며 웅크리고 있을 뿐이었다.

이제 유리창을 깨는 소동도, 취객이 눈길을 걸어오는 일도 없었다. 그러므로 책을 반납하겠다는 이들도 없었다. 눈 속에서 길을 잃고 헤매기보다 집안을 돌아다니며 눈에 무너지는 벽과 천정을 보수하고 눈의 무게에 짓눌린 지붕 아래를 돌보는 게 나을 것이다. 아니면 모두 깊은 잠에 빠지는 편을 택했는지 모른다. 가끔 어디선가 눈사태가 일어나는 소리나 눈보라치는 소리가 천지사방을 맴돌았다. 그건 모든 이들에게 보내는 천둥소리처럼 들렸다.

그리고 그사이 많은 이들이 이곳을 떠나기 시작했다. 소문으로만 들리던 이야기를 어디서 듣고 오는지 마재순은 중얼거렸다. 그녀가 들고 있는 낡은 수첩의 칸칸에는 그녀가 볼펜으로 쓴 친구들 전화번호가 빽빽이 적혀 있었다. 전화는 어떤 때에는 신호가 가기도 했지만 어떤 때에는 연결이 되지 않는 경우가 많았다.

"사람들이 거의 다 이곳을 떠나 버렸대요. 아마 다른 곳도 마찬가지일 거예요."

아는 사람들만 아는 어떤 통로를 통해서 이곳을 떠난다고 했다. 눈에 갇힌 채 언제 끝날지 모르는 이 눈의 터널 안을 견딜 수가 없었을 것이다.

"그런데 도대체 어디서 어떻게 떠나는 걸까요? 왜 아는 사람은 알고 모르는 사람은 그냥 모른 채 살고 있는 건지. 왜 관장님은 그

걸 모르는지 모르겠어요."

저녁을 준비하는 마재순이 양파의 새순을 잘라 쫑쫑 썰었다. 마른 양파의 틈에서 초록 새순이 돋아나고 있었다. 마재순은 도서관의 일층 창가에 움이 트려는 양파 수십 개를 물 컵에 넣고 키우기 시작했다. 요즘에는 거의 마재순 혼자만의 독백으로 이 공간이 가득 차는 듯했다. 나와 연결이 되던 사람들, 자주 전화를 하고 도서관 협회입네 하며 자질구레한 협회의 회비를 매달 내 통장에서 빼내 가던 그들조차 단 한 마디도 안부를 물어 오지 않았다. 아무도 도시의 이런 재난에 대해 한 마디 말도 남기지 않았다. 누구와도 연락이 닿지 않으니 나는 아무것도 아니고 그 어디에도 없는 사람처럼 혼자인 게 분명했다. 세상조차 눈 속에 처박혀 마치 백 년 전쯤의 시간 속으로, 유령들이 움직여 다니는 무정한 적막 속으로 사라진 것 같았다.

며칠 전 한 통의 전화가 복정에게서 왔었다. 복정의 목소리는 애써 덤덤한 듯하지만 달라져 있었다. 그는 밤낮없이 바쁜 일에 시달리고 있는 듯 말했다. 하기는 그럴 수도 있었다. 그는 몇 주째 이 지역의 재난 구조 활동을 지휘하고 다른 지역으로 사람들을 특수 차량으로 이송을 해주거나 도로 정비를 감독하느라 잠도 못 잘 정도로 바쁘다고 말했다.

"너 운이 좋은 줄 알아. 원한다면 네가 이곳을 떠날 수 있도록 해놓을 테니."

그는 나에게 기다리라고 했다. 복정은 지금 제 인생에서 가장 절정기를 맞고 있는 셈인데 애써 내게 그걸 자랑하려는 들뜸을 가라앉히는 것 같았다. 아버지가 그를 쫓아냈던 오래전, 그는 사실 앞날이 불투명한 동네 청년 정도였다. 학벌도 인물도 시원찮았다는 게 아버지의 생각이었다. 사내가 가난하더라도 끈기가 있어야 하는데 복정은 거의 실직과 백수 상태를 이어왔다. 그래도 고등학교 때는 뭔가를 열심히 했다지. 내가 말한 부분은 복정이 학교 복싱 선수였다는 것이다. 아버지는 그에게 기다리라고 말했다. 나는 왜 복정을 좋아했을까? 그가 보낸 편지 때문이었나? 별다른 이야기도 아닌 오직 자신의 하루 일을 적어둔 편지였다. 할머니의 심부름으로 콩나물을 사러 가야 하니 여기서 그만 적어야겠다는 복정의 편지 글에서 그를 딱 한 달만 좋아해 보기로 했다. 편지는 오래 이어지지 않았다. 이후 복정은 여러 가지 일에 손댔다가 그만두기도 했다. 누군가 부르면 떠나가는 심부름꾼처럼.

내가 서른세 살이 지나고 아버지가 돌아가셨다. 복정은 더 이상 기다릴 필요가 없었지만 이내 복정은 나를 떠났다. 골프 사업을 시작한다고 했다. 하루 종일 도서관에서 지내는 나와는 어울리지 못할 사람이란 것을 뒤늦게 나도 알게 되었다.

'다들 힘들다고 하는 판에 혼자 웃을 수는 없지.' 그것이 아마 복정 최후의 인격이라고 믿었다. 복정이 이렇게 '재난에 대처하는 의로운 사람들의 모임'에서 리더가 되어 있을 줄 누가 알았겠는가? 그는 사람들을 바깥으로 실어다 주며 생각보다 많은 돈을 벌고 있었다. 처음이자 마지막으로 내가 복정에게 연락을 한 것만큼이나 복정도 이런 날은 꿈에도 생각하지 않았을 것이다. 이렇게 녹지 않는 눈이 한 달 가까이 내리고 그 눈이 쌓이고 굳어버려 그 위에 또 다른 세계를 만들어 두니 세상은 다시 새로운 판을 짜듯 달라지고 있다는 것을.

· ·

처음 한 송이 눈발을 보았던 그 햇빛 비치던 날을 다시 떠올렸다. 그날 나는 한 권의 책을 찾고 있었다. 작가도 제목도 기억하지 못하는 책. 단지 오후 네시 반의 햇살이 번갈아 도서관 유리창의 차양막을 비켜 가며 한 줄기 밝은 빛을 던질 때 그 서가의 선반에서 들어 올린 책 말이다. 아픈 다리를 기대며 책을 정리하다가 꺼내든 책을 읽어 나가며 그 문장에서 문득 어릴 적 어머니와 함께 살았던 집을 떠올렸다.

호간은 이미 여러 시간 동안 그 모래 길을 따라 걸어왔다. 그는 한 시간 전에 남아 있던 물 한 방울까지 남김없이 마셔버렸다. 그의 두 발은 한걸음 한 걸음 무의식적으로 걸어 나가 약간의 먼지를 일으켰다. 모래언덕은 그의 눈길이 닿는 곳까지 그가 가는 길 양편에 미동도 없이 아주 멀리 뻗쳐 있었다. 수없이 많은 부서진 알갱이로 된 모래사장과 층층이 부서진 마른 암석 외엔 아무것도 남아 있지 않았다. 트럭 한 대도 지나가지 않고 거대한 하늘에 비행기도 전혀 나타나지 않았다. 아무것도 없는 것이 너무 엄청나서 더 이상 고독이라 불릴 수도 없었다. 그것은 수천 마일 떨어진 대양에서 표류하는 것 같았다. 작은 파도가 잔물결로 휩쓸려 나오는 가운데.

책에서 슬쩍 훑어보았던 문장이었다. 그리고 호간은 틀림없이 사막에 처음 떨어진 어부 같은 존재일 거라 생각이 들었다. 혼자 남은 그는 어떻게 되었을까? 그리고 저 길은 얼마나 쓸쓸한 곳인가? 그의 집은 얼마나 먼 곳에 있을까? 돌아가고 싶은 마음만큼이나 더욱 멀어지게 만드는 모래언덕이 보였다. 그렇게 잠깐 읽은 이후 그 책을 놓쳐 버렸다. 단지 열 줄의 문장으로 남은 그 책은 검색이 불가능했다. 잠깐 읽었다가 잊어버리고 만 그 책의 제목과 저자의 이름조차 알지 못하는 사이에 책은 사라졌다.

"이곳을 떠나고 싶지 않아. 책들을 다 정리할 때까지."

하마터면 복정에게 그런 말을 할 뻔했다. 그에게 얼마간의 돈을 주고 이곳을 떠날 방법을 알아달라고 했던 게 후회되기도 했다. 누구에게도 말하지 않았지만 나는 오래전부터 이곳을 떠나고 싶어 하지 않았던가? 아버지의 영역처럼 남은 이 어두운 회색 벽돌과 흰 돔형 지붕이 있는 이곳은 지금도 내게 아버지의 완력이 느껴지는 무거운 계단일 뿐이었다. 얼마간의 돈이 들어오고 그나마 여러 가지 일을 벌여 놓아야 유지되는 이 도서관은 아버지의 이상하리만큼 기이한 집념이 만든 도서관이었다. 소설가가 되고 싶었지만 난독증을 가진 아버지는 제대로 책을 읽고 이해할 수 있는 사람이 아니었다. 숫자는 기막히게 잘 다루었지만 논리적인 명제가 제시되는 문장이나 서정적인 시어를 글자로 표현하지는 못했을 것이다.

그렇기에 그의 말은 곧 글이 되었고 모든 글은 말을 통해 다시 귀로 흡수될 뿐이었다. 기억력이 뛰어났기에 아버지는 어머니가 말한 책들을 사두었을 것이다. 사업에 성공했지만 소설가가 될 수 없었던 그는 책들을 모조리 나에게 물려주었다.

어머니는 어떤 사람이었던가? 아버지는 어떤 기억도 내 머릿속에 심어 주지 않았다. 난독증이 심한 아버지가 글자를 그림으로 이해한 사람이었기에 아버지에게 설이라는 어머니의 성은 그저 따뜻한 온기였을 것이다. 거듭 생각해 보면 아무래도 이 도서관은 어머니의 입김이 더 작용한 느낌이었다. 그렇지 않았다면 아버지가 돈이 되지 않는 도서관을 술집이나 음식점 대신 이렇게 근사하게 만들었을 리가 없을 것이다.

마재순은 어떤 일이 있어도 자신은 이곳을 떠나지 않을 거라고 했다.

"나는 이곳을 떠나지 않을 겁니다. 며칠 굶는 것은 아무 일도 아니에요. 길에서 얼어 죽거나 어딘지 모르는 곳으로 가서 무엇이 될지도 모를 일을 당하느니 차라리 여기서 엎드려 죽치고 있는 게 더 나은 거예요. 암요."

도서관은 자신의 마지막 정규 직장이 되어야 한다고 마재순은 종종 말했다. 쉰다섯을 훌쩍 넘긴 나이이지만 마재순은 튼실하고도 강단이 있어 보였다. 삼십 년 넘게 쉬지 않고 일을 해온 마재순은 단 한 번도 이전에 제대로 된 일자리를 찾을 수가 없었다고 했다. 결혼하고 아이가 없자 술주정 심한 남편에게 시달렸고 무책임한 남편 탓에 경제적으로 힘들었다. 좁고 형편없는 집에서 발 닦은 수건으로 다시 얼굴을 닦는 남편이 문득 싫고 더럽고 서러워서 남편과 헤어지고 식당에서 설거지를 하다가 요리하는 것을 배웠다고 했다. 그리고 마재순은 이곳 도서관으로 왔다. 이후 도서관을 가장 사랑한 사람이었다.

"오늘은 밤에 나가 보아요. 그들이 어디쯤 오고 있는지, 정말 이곳으로 오는지, 어쩌면 그들은 이곳으로 오는 것을 달가워하지 않을 수도 있으니까."

마재순은 저녁으로 먹을 것을 찾아 도서관 곳곳을 돌아다녔다. 도서관은 채소가게가 아니었다. 도서관 곳곳에는 먹을 것에 대한 이야기를 적은 소설책들만 가득한 곳이었고, 진짜 먹을 수 있는 당근과 겨울초는 눈에 묻혀 있는 뒤뜰의 손바닥만 한 흙 속에서도 찾을 수가 없었다.

"이곳에서 딱 버스 두 정거장 거리만큼만 나가 봐요. 그곳에는 어쩌면 다른 게 있을 수도 있을 거니까."

나는 대답해 주는 마재순이 고마웠다. 뜨겁고 거칠고 투박한 마재순의 손을 잡았다. 넓은 손바닥이 응답을 하는 듯했다.

．．

　오래전 처음 도서관에 왔을 때 마재순은 오층 건물 가득 책이 들어찬 이 도서관의 책들을 두려워했었다. 책에 눌려 도서관이 무너질까 봐 두렵다고 했다. 그렇기에 마재순은 그저 열람실보다는 도서관 안팎의 허드렛일만 골라 했었다. 이제 도서관이 더 이상 사람들로 북적이지 않게 된 이즈음, 텅 빈 열람실 안으로 하루 종일 눈에 반사된 빛이 창밖에서 넘나들고 책의 갈피에서 풍겨 나오는 식물성의 오래된 책 냄새를 맡으며 마재순은 도서관의 서고를 청소했다. 그녀는 즐거운 듯 콧노래까지 부르는 것 같았다. 그녀에게는 눈이 쌓여 아무도 살아 있을 것 같지 않은 이 적막한 상황이 마치 연극의 한 부분인 듯했다. 마재순은 연극 무대의 이름 없는 조연처럼 충직한 모습을 보였다. 우리는 눈이 두껍게 쌓인 도서관 앞뜰을 내려다보며 어딘가 눈사태로 건물 하나가 매몰되었을 거라는 얘기를 나누며 아침이면 레몬차를 마셨다. 일상적인 고요는 눈 속에 모든 것을 매몰시키고도 유지되었다. 어쩌면 나도 그 순간 살아 있는 것에 행복했는지 모른다.

　"관장님, 눈이 쌓여서 길이 끊어지고 찾는 사람 없는 도서관이 이제 진짜 나의 집이 된 것 같아요. 뭐 그런 기분이 드는 건 어쩔 수 없네요."

　마재순이라면 모든 사람들이 절망에 빠져 있을 때 알 수 없는 힘으로 혼자서도 남아 있는 일들을 억척같이 해낼 것이다. 마치 마재순은 두 번의 인생을 살아본 사람처럼 어떤 재앙에도 굴하지 않고 더욱 씩씩해졌다.

"그 복정이라는 친구는 아직 연락이 오지 않아요? 복정이라는 사람은 믿을 만한가요?"

식당에서 김치찌개와 카레 냄새가 함께 올라왔다. 텅 빈 식당 안에서 혼자 음식을 만드는 마재순은 내게 언니 이상이었거나 아마 나의 전생에 어머니였을지도 모른다.

"오늘 복정의 설상차가 정말 달리고 있는지 나가 볼 거예요."

이상하게도 마재순과 함께 있으면 그런 불안한 마음의 주름이 펴졌다. 마재순이 도서관 건물 구석구석을 청소하는 것은 나를 대신해서 예배를 드리는 것 같았고 청소를 마치고 옷을 털며 들어올 때는 사냥을 다녀온 아버지같이 든든했다. 그럴 때면 몸의 냄새부터가 달랐다. 머리를 헝클어뜨린 마재순의 옷에서 희미하게 불에 그을린 냄새가 났다. 마재순이 도서관의 계단에서 불을 피웠는지 모른다. 불을 피워 도서관 입구의 눈을 다 녹이려 했는지 아니면 자신이 좋아하는 말린 대마를 말아서 피웠는지 알 수 없었다.

내가 이곳을 빠져나가는 출구 사이트에 접속한 것을 그녀는 알고 있었다. 복정은 특별 서비스 가격이라 했지만, 생각보다 많은 돈이 들었다. 작은 차를 하나 사도 될 만큼. 이곳에 재난 경보와 함께 누구도 드나들 수 없는 교통 폐쇄 조치가 내려진 뒤 그런 사이트를 운영하는 사람이 있다는 것을 소문으로 들었다. 이곳을 탈출할 교통편과 이곳에 남아 있는 집이나 부동산에 대한 관리와 소송 문제, 이곳을 떠나는 이들에게 필요한 안전한 피난처의 원활한 제공이 그 출구 사이트의 목적이었다. 하지만 내가 고객들 중 몇 번째 대기자이며 언제 이곳을 떠나게 될지 알 수 없었다. 언제 어떻게 누가 떠나게 될 것인가는 그때가 되어야 알 수 있다는 메시지만 받았다.

"깊은 밤에 불빛을 몰고 온다고 했어요. 다른 사람들도 다 그렇게 떠났을 거예요."

나는 아버지의 사진이 들어 있는 책상의 서랍을 열어 그 속에 든 아버지의 공로에 대한 감사장과 공로패들을 다시 바라보며 말했다. 아버지의 사진은 오래전 이 도서관을 개관할 때 찍은 것이다. 사진 속 아버지는 '나를 여기 두고 가라'고 말하는 것 같았다. 그러자 허기가 몰려왔다.

"이제 전화선도 완전히 끊어지면 어떤 것도 다 소용없게 되겠지요."

마재순은 저녁으로 카레와 김치찌개를 차렸고 우리는 함께 나눠 먹었다. 그래도 자신은 도서관에 남을 거라며 마재순은 말했다.

"카레덮밥으로 하루 한 끼 정도 때우고 나면 또 하루가 지나가겠지요. 하루 소설책 한 권 분량의 눈이 높게 쌓여도 시간이 지나면 언젠가는 녹아버릴 거니까요."

지금까지는 일주일에 한 번쯤 공중에서 쏟아지는 구호물품에 기대 살았다. 헬리콥터가 낮게 내려와 근처 눈밭 위에 생필품 박스를 던지고 갔다. 아직 사람이 살고 있다는 표시로 우리는 도서관의 꼭대기에 깃발을 꽂아 두고 있었다. 포장된 그 박스를 열면 아주 먼 나라에서 온 듯 생소한 물품들이 많았다. 물과 음료. 데워먹는 조리된 식품. 겉 포장지에 낯선 이국의 언어들이 있었다. 그리고 박스에 한두 개씩 들어 있는 아보카도를 닮은 과일에서는 아무런 향기가 나지 않았다. 마재순은 자신이 어린 시절 받았던 과자 선물 세트가 생각난다고 했다. 그 속에는 별사탕하고 껌이 있었다며 아쉬운 듯 말했다. 호사스럽게도 그 과일은 진짜 아보카도였다. 지금까지 구호 박스 안에서 나온 세 개의 아보카도를 모았다.

아보카도는 어디에서 왔을까? 눈사태라는 재난의 구조 신호로 하늘에서 떨어진 남국의 과일 아보카도는 어쩐지 그냥 먹어버리기 아까웠다. 마재순도 맛본 적 없는 아보카도를 결코 먹고 싶어 하지 않았다. 나 또한 낯선 과일을 먹지 않고 책상 위에 올려 두었다. 그것은 초록빛의 알처럼 꼼짝 않고 있었다. 어쩌면 나 또한 그 맛을 영 알 수 없을지도 모른다. 시간이 갈수록 아보카도는 자줏빛으로 말랑해지고 있었다.

"오늘 내가 읽을 책은 뭐지?"

마재순의 몽롱한 눈빛은 잠에 취한 듯 보였다. 관리인의 숙소에 가기 전에 그녀는 나에게 한두 권의 책을 권유받아 읽기 시작했다. 앞으로 얼마나 남아 있을지 모를 시간 동안 하루 한 권씩 책을 읽어 보겠다는 것, 마재순에게 생긴 새로운 취미였다. 마재순은 저녁을 먹고 난 뒤 작은 난로와 침대를 겸한 소파에 앉아 책을 읽었다. 그 나이에도 시력이 좋은 여자는 하루에 두어 권씩 아니 많게는 서너 권의 책을 읽어 나가고 있었다. 먹을 것이 떨어지더라도 도서관에는 읽을 책이 무궁무진했다.

"내가 어릴 적에는 긴 겨울 동안 무를 잘라 먹기도 하고 밤새 연탄 위에 손 비비고 앉아 고구마를 구워 먹고 했는데. 그땐 그렇게 할 게 없었거든. 이제야 겨우 겨울에 할 일을 찾게 된 거야. 난 이제 내 할 일을 잡은 거지. 근데 세상이 이렇게 뒤죽박죽이니……."

마재순은 처음에는 짧은 전래동화를 읽은 뒤 지금은 중국에 관한 신화를 읽어 나가고 있었다. 마재순은 눈에 덮인 세상이 내어준 긴 시간만큼 책 속에 묻혀 지내는 셈이었다. 마재순이 책을 들고 제 방으로 떠난 뒤 나는 창밖을 내다보았다. 창밖은 어둠 속이지만 흰 모래언덕이 이어진 어느 사막 지대 같아 보였다. 눈이 지표보다 일 미터 이상 훌쩍 높아져 있었다. 출구도 단 하루만 손보지 않으면 길이 막혀 버릴 것이다. 그러고 보니 눈은 세상에 가득한 먼지만큼이나 부지런히 단 한 순간도 쉬지 않고 제 몸피를 불려 나갔다.

터널처럼 길을 뚫어 놓은 도서관 밖으로 걸어 나갔다. 마재순이 쉼 없이 땅을 다져 놓고 불로 녹여 놓았던 부분은 단단한 얼음길이 되어 있었다. 조금씩 걸어 나갔다. 사방은 아무런 소리도 없고 바람 한 점 없이 고루 어두웠다. 눈빛에 길이 환할 거라는 말도 사실이 아니었다. 어둡고 긴 눈의 터널이 눈의 벽에 이어졌다. 다시 돌아올 생각이었다. 나는 뒤돌아 불이 켜진 도서관을 바라보았다. 나의 방에도 불은 그대로 켜져 있었다. 마재순이 책을 읽고 있는 방에도 불빛이 비치고 있었다. 그 모습은 멀리서 돌아보니 아늑하게 보였다.

겉으로 보는 모습은 얼마나 진실할 수 있을까? 책을 읽을 수 없었던 아버지가 수십 년 모아둔 책은 어쩌면 돌아올 어머니를 위해서였는지 모른다. 글을 읽을 수 없는 아버지는 어머니가 썼다는 소설책을 끝내 찾을 수가 없었을 것이다. 되돌아온다고 중얼거리며 나는 멀리 한걸음씩 걸어 나갔다. 멀어질수록 어쩐지 집에 더 가까워지는 듯 여겨졌다. 도서관의 불빛 속에 또 다른 나의 모습이 여전히 마재순과 함께 아보카도가 있는 그 방에서 서성이고 있는 것 같았다. 착각인 듯 내 방의 창을 바라보았다. 도서관의 창가에서 복정을 기다리며 창밖을 내다보는 내가 거기 뚜렷하게 보였다.

. .

아무도 찾아오지 않는 밤이었다. 벽에서 떨어져 내리는 자갈 소리와 함께 숨소리와 어떤 웅얼거림이 벽을 통해 들려왔다. 마재순이 손끝으로 하나하나 짚어 가며 책을 읽고 있는 소리였다. 나는 복정을 기다리며 망원경을 들고 창을 열었다. 망원경 너머 아주 멀리 한때 온천으로 이름난 사우나랜드의 불빛이 주황빛과 초록빛으로 여전히 반짝거리는 것을 바라보았다. 누군가 나를 바라보고 있을 듯한 기분이 들었다. 나는 잠시 뜨거운 온천에 몸을 담근 나신들을 떠올렸다. 예전에 근심 없던 젊은 육신들이 가차 없이 눈 속에 얼어붙어 가는 것을 생생히 보았다. 그곳이 정말 저곳에 있을까 하는 의심도 함께 들었다. 나는 이제 눈에 보이는 모든 것을 의심하는지도 모른다. 오늘도 그 어떤 연락이 오지 않았고 단지 불빛을 번쩍이면서 메시지라는 게 갑자기 들이닥칠 거라고 중얼거렸다. 낡아 버린 책을 골라내 풀로 붙이거나 먼지를 털어내고 책갈피에 들어 있는 누군가 끼워 둔 낙서 종이를 골라내기도 했다.

나는 그런 꿈을 꾸었다. 이곳을 떠나는 순간을. 이곳을 떠나 어디로 갈 것인가를 정확히 알고 있지 않았다. 이곳을 떠나서 한 번이라도 따스한 물과 바람이 있는 곳에 서 있기를. 그곳이 어디인지 내가 어디로 가야 하는지 모른다. 그저 이곳을 떠난다는 것뿐. 사실 내게는 아무런 계획이 없는지 모른다. 이건 너무 오래 갇혀 있었던 탓이다.

며칠 전에는 두 명의 시신을 처리했다. 눈 속에 빠진 사람들이었다. 마재순과 함께 나는 그들이 도서관 근처 깊이 파인 구덩이 속에 처박혀 있는 것을 보았다. 아마 길이 아닌 곳을 지나다 깊은 눈구덩이 속에 빠져 버렸는지 모른다.

아보카도 하나를 칼로 잘랐다. 미끈거리는 육질은 밍밍한 맛에 버터처럼 부드러웠다. 딱히 그 어떤 맛도 떠오르지 않을 만큼. 아무런 맛이 없다는 것은 어떤 것과도 비교할 수도 추억할 수도 없다는 것이다. 먹지 않은 아보카도를 두 조각으로 자른 채 남겨 놓았다.

"우리는 왜 여기서 빠져나가지 못하는지 모르겠어." 마재순의 중얼거림과 함께 웃음소리가 들리는 쪽으로 걸어갔다.

"왔어. 복정이 지금 왔어요."

조용히 속삭이는 소리가 들렸다. 마재순이 나의 눈앞에 버티고 서 있었다. 마재순의 웃음소리가 밤새 읽어가는 책 탓인 줄 알았는데 도서관 밖 작은 불빛을 단 설상차가 내는 엔진 소리 때문이었다. 이 설상차를 기다려 왔지만 이렇게 조용히 도서관 앞뜰에 와 있으리라고는 믿기지 않았다. 도서관 안으로 불빛이 쏟아져 들어왔다. 번쩍이는 세 번의 신호였다. 누군가 가르쳐 준 적 없지만 나는 그것이 곧 메시지라는 걸 어느 순간 알게 되었다. 나는 준비해 둔 가방을 챙겼다. 눈은 도서관의 일층 건물을 잠식해 오고 오직 터널처럼 뚫어 놓은 정문 앞 반들거리는 얼음 계단으로 통할 수 있었다.

스키를 단 설상차는 흔히 보는 제트스키와 닮았다. 설상차의 네 개의 의자와 짐칸에는 이미 여러 사람들을 실어 나른 흔적이 있었다. 나의 손을 잡은 복정의 얼굴은 제대로 보이지 않았다. 둥근 헬멧을 쓴 그의 머리 뒤로 뜨거운 김이, 어쩌면 숨을 쉬느라 힘들었을 뜨거운 열기가 피어올랐다. 그의 머리 위에 켠 헤드랜턴만이 흰 눈 위의 끝없는 사막 같은 길 위에 한 줄기 길고도 펄럭이는 빛의 통로를 만들고 있었다. 이 설상차를 타기 위해 기다린 시간 동안 죽어간 사람도 있었다.

때때로 거짓말처럼 낯설고 감당하기 어려운 시간들이 찾아오기도 할 것이다. 내가 가는 곳이 정확히 어딘지 모르지만 나는 처음으로 이 도서관의 문을 나서기로 했다. 가방을 얹자 설상차는 서서히 속도를 내기 시작했다. 멀어지는 도서관의 꼭대기에서 불빛이 깜빡거리는 것을 보았다.

"어디까지 갈 수 있어?"

얼굴을 감싼 코트 속에서 눈을 깜빡이며 나는 복정에게 물었다.

고글을 쓰고 검은 마스크를 한 그는 겉에서 보기에 이 세계에 존재하지 않는 사람처럼 무심해 보였다. 이제 새로운 두려움이 나를 감쌌다. 이 눈의 지대를 벗어나 가까운 곳에 정착할 곳을 찾아낸다면 그리고 그곳에서 얼마간 지내고 나서 마재순을 찾으러 와야 한다고.

산을 통과하는 어둠 속에서 기차 소리를 들은 것 같았다. 보이지 않는 산의 터널 속에서 기차는 여전히 예전처럼 그 철로 위를 달리고 있는 것 같았다. 나는 복정의 등을 바라보며 입술을 깨물었다.

"이 경계까지 실어다 줄 거야. 저 건너는 우리 관할이 아니거든. 저 강의 끝에서 초소를 만나게 되면, 눈에 띄지 않게 저 강 위로 조심해서 걸어가야 해."

복정은 휴대폰을 꺼내 누군가와 연락을 하기 시작했다. 자욱한 눈구름이 아스라이 먼 강 경계면에 펼쳐져 있었다. 강의 저쪽에는 불빛이 유난히 붉고 푸르게 반짝이고 있었다. 복정은 이 주마다 한 번씩 이곳으로 온다고 했다. 다음번에는 두 배의 돈을 요구할 거라고 말했다. 들뜨지 않고 차분한 복정의 목소리는 계약서보다 더 간결했다. 먼 하늘 위로 눈에 파묻히지 않은 안테나가 은빛으로 거미줄처럼 반짝이고 있었다. 복정의 설상차가 멀어지고 나는 초소를 향해 걷기 시작했다. 그 길은 모래언덕이 이어진 듯 마치 찾지 못한 책의 문장 속 호간이 건넜음직한 황량한 길 그 자체였다. 어쩌면 이 길을 가면 나의 옛집, 어머니가 있는 곳으로 갈 수도 있지 않을까 싶었다. 초소까지 이어진 길은 아직도 멀었다.

··

　마재순은 창가에 앉아 작은 소리로 책을 읽어 나갔다. 책은 역시 낭독하는 재미가 있었다. 도서관은 고요하다. 오늘 눈 터널 사이로 산책을 다녀온 관장은 심하게 기침을 하며 잠들 때까지 괴로워하던 것을 마재순은 떠올렸다. 기침에 듣는 감기약도 쉽게 구할 수가 없으니 마치 가난한 자신의 어린 시절로 거슬러 돌아가는 느낌이었다. 이럴 수 있을까? 세상이 뒷걸음치고 있다니. 얼굴을 닦고 발을 닦아서 더러워진 수건으로 다시 제 얼굴을 닦는 일처럼 지저분하고 순리를 저버리는 일이 세상에 얼마나 많은가?

　마재순은 오래전 떠나온 남편의 얼굴이 이제 기억조차 나지 않았기에 조금 안심이 되었다. 마재순은 관장을 위해 뜨거운 메밀차 한 잔을 준비했다. 관장이 자고 있는 방에서는 계속해서 잔잔한 음악 소리가 들려왔다. 레몬차가 이제 다 떨어졌다. 마재순은 관장이 예민하고도 불안한 성격으로 걱정을 사서 하는 것만 같았다. 눈이 쌓여 있지만 이 눈이 녹지 않을 리는 없는데 말이다. 바람을 막아 주는 튼튼한 건물이 있지 않은가? 부족하지만 그래도 한 번씩 구호물품이 쏟아져 내리지 않는가 말이다. 다행이야. 그것으로도 마재순은 충분하다고 느꼈다. 그녀는 자신이 챙겨 둔 구호품의 목록에서 한 번도 먹어보지 않은 레토르트 식품으로 내일 아침을 차릴 궁리를 했다. 해산물을 넣은 베트남 쌀국수면 더 좋을 것이다. 해산물이 없다면 멸치와 다시마 가루로 맛을 내면 될 거라 생각했다.

그리고 먹지 않은 초록 아보카도가 아직 세 개나 남아 있다는 사실을 떠올렸다. 그저 무탈하기를. 그래도 먼저 관장에게 메밀차를 뜨겁게 한 잔 챙겨 주고, 그러고 나서 관장에게 말하지 않은 사실을 충고하리라 다짐했다. 사실 누군가 말한 그 설상차라는 게 결코 존재하지 않은 거라는 것을. 마재순은 자신이 이렇게도 판단력이 생긴 것이 기뻤다. 내일은 먹지 않았던 그 아보카도를 잘라 먹어 보리라 생각했다. 새로운 것에 대해 용기를 가지는 것이야말로 모든 나쁜 것을 물리친다는 것을 떠올렸다. 그렇지 않은가? 그 모든 것이 다 밤에 읽는 이 책들 덕분이라는 것을 아침에 일어나면 관장에게 말하리라 마재순은 다짐했다.

불의 하루

황은 물을 한 모금 들이켜고 다시 책을 읽어 나갔다. 거울에 반사된 황의 모습은 늘 반쪽만 비쳤기에, 금이 보는 위치에서 황은 늘 그곳에 반쯤만 와 있는 것 같았다. 황이 읽는 붉은 주톳빛 문고판 책을 금은 '불의 책'이라 불렀다. 표지에 국화 무늬가 연속으로 그려진 그 책은 어쩐지 초목이 우거진 숲에 버려졌던 것을 황이 주워 온 것 같았다. 오래전에 발행된 책은 이제 절판이 되어 버렸다. 황은 언제나 손을 닦고 그 책을 열었다. 책의 저자가 누구인지 금은 알지 못한다. 아니 알고 싶지 않았다. 남편인 황이 거울을 보듯 늘 읽는 그 책은 남편의 등만큼 익숙했다.

그 책의 내용은 잘 모르지만 그냥 듣고만 있어도 더위를 먹은 여름 한낮처럼 금은 노곤해졌다. 황의 목소리에서 들릴 듯 말 듯 한 부분이 이어졌다가 끊어졌다. 다음에 무슨 내용이 올지 금은 이미 다 알고 있는 기분이었다. 황이 여러 번 그 책을 애독하고 있었기 때문이다. 금은 한 번도 그에게 묵독을 권하지 않았다. 어쩌면 그 책은 남편에게 그냥 책이라기보다 자기를 응시하는 최면술서 같은 것이었다.

"불은 금을 녹이고…… 불은 나무를 태우고 그리고 불은 마지막에 흙 속에서 소멸되며, 불은 공기를 데우고 불은 살을 태우고 근심까지 녹여내니……."

구부정한 등을 돌린 채 구슬을 머금고 웅얼거리는 듯한 소리를 내는 황 때문인지 집안은 더 고요한 것 같다. 임플란트를 하려고 얼마 전 두어 개의 이를 뽑았기에 황의 목소리가 유난히 웅얼거렸다. 혀끝을 받쳐주는 이가 없어졌기 때문만은 아니었다. 황의 목소리는 늘 우물쭈물거렸는지 모른다.

"또 잊었군. 불을 살리는 것은 바람이라는 것을."

황의 등을 보고 있던 금은 황의 말꼬리를 붙잡아 조용히 대꾸한다. 금의 말꼬리 달기는 황의 메마른 등에 발라준 파스 한 장만큼도 효력을 발휘하지 않는다. 그저 금의 맥없는 잔소리일 뿐이다. 불을 살리는 것은 불길을 내주는 바람이라는 것을 금은 늘 생각했다. 처음의 불씨 크기가 아니라 불을 몰고 가는 바람. 황이 가지고 있지 않은 바람이었다. 미미한 불씨를 화들짝 피어오르게 만드는 바람에 대해 금은 늘 목이 말랐다. 황은 제 일을 불처럼 활활 타오르게 만들어 놓는 사람이 아니었다.

금은 찬장을 뒤져 꿀통을 꺼내들었다. 꿀을 떠서 한입 먼저 제 입에 가져갔다. 달고도 진했다. 꿀의 감칠맛은 어떤 것보다 강렬했다. 금은 빻아 둔 콩가루와 계핏가루를 꺼내 꿀에 섞어 다식을 만들어 볼 요량이었다. 아무래도 손님이 오는 자리에는 다식이 나을 듯했다. 그렇다면 먼저 몇 개라도 손으로 주물러 만들어 봐야 했다. 금은 꿀통을 들여다보았다. 벌써 반 이상 먹어 버린 그것은 황의 전처 딸이 보내준 것이었다. 금은 황에게도 꿀차를 한 잔 가져다주려고 했다. 오늘도 외출할 일이 없는지 황은 더 집요하게 책상에 매달려 있었다. 금은 한 번 더 꿀을 한 숟가락 떠내어 천천히 삼켰다. 어느 야생화의 밀원에서 왔는지 모르지만 꿀은 단내를 풍기며 감겨들었다. 금은 그 딸이 보내온 벌꿀을 달게 먹었다.

금은 가스레인지를 켜 보았다. 손잡이가 헛도는 느낌과 함께 불이 점화가 되지 않았다. 그러고 보니 어제도 좀 힘들게 가스 불을 켰었다. 사용한 지 십오 년이 넘어가는 그것은 이제 수명이 다되었는지 모른다. 금은 서너 번 다시 손잡이를 돌려 점화시켰다. 틱틱거리는 소리만 몇 번 들렸다. 금은 다시 가스레인지를 툭 건드려 보기도 했고 손잡이 꼭지를 오래 눌러 보기도 했다.

"이번 참에 새 가스레인지를 꼭 사야겠어요."

꿀차를 타려다 말고 금은 불쑥 말했다. 어찌 되었든 이제는 바꾸고 갈아치워야 했다. 그게 뭐든지. 금은 테팔 무선 주전자에 물을 부었다. 황이 귀를 기울이지 않아도 들릴 만큼 금은 버럭 소리를 지르고 금은 시커멓게 녹슨 가스레인지의 바닥을 들어 올려 보았다. 바닥은 낡아 부식되어 가는 선들이 아슬아슬하게 연결되어 있었다. 바닥에 남은 먼지와 음식물 찌꺼기, 그리고 청소했음에도 남아 있는 기름때가 잔뜩 묻어 있었다. 금은 천천히 닦아 냈다. 아무리 등을 돌리고 앉아 있어도 황은 이것을 알아야 했다. 집안 형편이 어떻게 굴러 가는지 말이다. 금은 가스레인지를 닦으며 언제나 이 구질구질한 녹가루 같은 가난의 흔적을 지워 낼 수 있을지 궁리했다. 새 것을 사기에는 지금 당장 돈이 드는데 어쩌나, 금은 애프터서비스센터에 전화해서 고칠 수 있는 데까지 고쳐야 할까 생각했다. 하지만 이미 두어 번 가스 불을 켜는 데 애를 먹은 가스레인지였다. 마치 나이가 들어 이제 더 이상 운신을 못하는 늙은 환자를 집안에 모셔 놓고 약을 처방받는 기분이었다. 답답한 기분은 이미 황이 불의 책을 읽는 소리에서 충분히 들어왔다. 금은 가스레인지를 한번 분해해 보기로 했다.

어제까지 황은 받아야 할 공사 대금을 제대로 받아와야만 했다. 금은 황에게 슬쩍 한번 물었지만 황은 아무런 대꾸를 하지 않았다. 황은 보일러 시공을 하고 수리까지 도맡아 하며 다니지만 그렇게 하루 종일 나가서 일을 하고도 받아오는 돈은 늘 허술했다. 누군가 의도적으로 일을 맡기고 돈을 떼먹을 작정이 아니라면 이런 일은 없을 것이다. 황은 늘 속고 있는 것 같았다. 황의 생각이 어디에 가 있는지 금은 알 수 없었다. 하지만 황이 책에 몰두해 뭔가를 읽고 있을 때 금은 돈 이야기를 하지 않았다. 그럴수록 집안에서 일어날 파산의 불안으로 금의 마음은 낡은 가스레인지처럼 녹슨 부스러기가 되어 떨어져 내렸다.

"점화가 제일 잘 되는 놈으로 사야겠어."

낡고 더러워진 가스레인지의 상판을 떼어내어 솔로 세척을 하고 난 후 금은 가스레인지의 녹슨 내부를 바라보며 단호하게 말했다. 가스가 지나가는 가느다란 관과 선들로 연결된 그 내부는 손만 대면 검은 쇳가루가 흘러나올 것 같았다. 금이 황에게 들어보라는 투로 얘기했지만 사실 새 가스레인지를 사고 안 사고는 오로지 금의 문제였다. 가스레인지를 들먹이면서 금은 황에게 왜 아직도 공사대금을 악착같이 받아오지 않는가에 대해 말하고 싶었던 거다. 다른 사람들처럼, 아니 적어도 가정을 가진 가장이라면 자기 집안에서 일어난 문제를 알아야 하지 않은가? 금은 늘 반쯤 집안에서 사라져 있는 것 같은 황에게 묻고 싶었다. 집안에서 무엇이 고장나고 있는지 무엇이 낡아 가고 있는지 황은 모르는 척하고 있었다. 금은 차츰 이 집에서 가장 낡아 버린 게 어쩌면 자기 자신이라는 것을 말하고 싶었다. 불길, 활활 타오르는 불길이 필요했다. 그저 점화가 잘 되는 가스레인지를 사 놓고 금은 하루 종일 불에 지지고 볶고 삶고 커다란 냄비에 가득 사골국을 고아 내고 싶었다.

이번뿐 아니라 여러 번 황은 자신이 일해 놓고도 이리저리 둘러대는 염치없는 사람들 때문에 늘 공사대금을 받아오지 못하는 일이 많았다. 하지만 요즘은 일감이 줄어들었기에 금은 마냥 황을 다그칠 수가 없었다.

"이번엔 가스 불을 한꺼번에 세 개씩 쓸 수 있는 정말 좋은 레인지를 사야겠어."

고무장갑에서 떨어지는 세제 거품을 닦아내며 금은 가라앉은 소리로 황에게 다시 말했다. 이렇게 내부가 낡은 가스레인지를 쓰다가는 언젠가 낡은 관으로 가스가 누출될 수도 있었다. 금은 정말 자신에게 그런 일이 일어나지 말라는 법은 없을 거라며 다시 고개를 주억거렸다.

. .

　책을 읽고 있을 때 황은 더욱 황다워 보였다. 다리를 외로 꼬고 허리의 골반까지 비틀어져 있어도 책상 앞에 다가가 책 속에 머리를 박고 중얼중얼 읽어 나가는 모습은 시모의 휘어진 등을 연상케 했다. 남편 황의 모습에서 금은 시모의 얼굴을 찾게 되었다. 활자 중독증. 맹목적으로 글을 읽어야만 하는 황은 아마도 유리병에 갇힌 한 마리 벌처럼 그 책 속에서 빠져나가지 못하고 초조하게 빙빙 도는 것인지 모른다.

　시모는 오랫동안 안평시장의 노점에 앉아 어묵을 팔았다. 한 삼십 년 동안일 거다. 오며 가며 내려다보는 시장 손님들 올려다보느라고 그랬는지 시모의 눈은 이상하게도 위로 치뜨기만 하면 파르르 떨렸다. "버릇이지, 혹시나 맛없다고 소문나면 자릿값도 안 남으니. 걱정이 되어서."

　늙어서 시모는 자주 그런 눈 증세가 나타났다. 통통한 어묵을 닮은 시모의 손은 장사를 하지 않을 때도 기름에 절어 있는 것 같았다. 오랜 시간 시모는 그 자리에서 어묵을 팔았고, 시모의 자랑이었던 아들 황의 이야기도 두 어장 파는 어묵과 함께 사람들의 친절함 속에 이야기되었다. 똑똑한 아들은 언제나 늦게 집에 돌아온 어머니에게 하루 동안 읽었던 책의 내용을 자랑스레 이야기하고는 했었다.

"걔가 참 재미있게 얘기해 주었는데 하나도 알아들을 수가 있어야지. 그래도 내가 모르는 걸 알고 있으니 모를수록 더 가슴이 뜨듯한 거야."

관절이 나무껍질처럼 두꺼워진 손가락으로 어묵을 팔아 가며 악착같이 돈을 모았다. 동전 한 푼 두 푼을 주머니 속에서 굴려 가며 시모는 황을 대학까지 공부시켰다고 그랬다. 안평 시장통에서 황의 어머니는 황이 대학을 졸업할 때까지 대접을 받았었다.

"사람들이 모두 내가 박사 아들을 가진 어미라고 우대해 줬지. 그러니까 그 작은 가게 자리도 다른 사람보다 먼저 받을 수 있었지."

안평시장이 수십 년 만에 재개발될 때 시모는 딱 들어가 앉으면 관처럼 꼼짝도 못할 작은 가게 자리 하나를 가지게 되었다. 어묵을 떼어와서 팔던 노전에서 얼마 떨어지지 않은 자리였다. 이십 년 전의 일이었다. 비를 피할 수 있었고 시장 계를 들 수 있다고 좋아했다.

"그러니까 세상에는 밥 먹는 것 위에 박사가 있다는 말이다."

모두들 황의 어머니를 부러워했다. 하지만 그건 황이 불의 연구를 하기 전까지였다. 그것도 벌써 오래전의 일이었다.

그 불에 대한 연구라는 것이 도대체 무엇인지 금은 알 수 없었다. 저 불의 책 속에 살아 있는 불이라도 있다는 것일까? 이글이글 타올라 글귀들을 금방이라도 태워 버릴 거라면 황의 손가락과 가느다란 팔목도 종잇장과 함께 태워져 버리겠지. 금은 그 생각으로 얼굴이 확 달아오르는 것 같았다. 어쩐지 가만히 뒤에서 남편의 구부린 등을 바라본 느낌이었다.

황의 일은 날이 갈수록 어려워지고 있었다. 시모가 오 년 전 웅크리고 앉으면 허리를 돌리기도 어려운 시장통 작은 가게 안에서 쓰러졌을 때, 황이 한 일은 구급대에 전화를 한 통 넣은 것뿐이었다. 금이 시모 입원 준비며 간병을 도맡을 동안, 황은 병원 밖에서 이리저리 황망하게 돌아다녔다. 깊은 밤 술에 취한 황이 6인실의 병실에 찾아 들어와 잠든 노모의 발치에 앉아 책을 읽어 주려고 한 적이 있었다. 혀가 꼬이고 술 냄새가 피어올랐다.

"혀가 꼬일 만큼 마셨네."

"딱 한 소주 한 병이지."

황은 책을 꺼냈다. 책 읽기 좋을 만큼 마셨는지 황은 시모의 침대 이불을 걷고 발치에 앉았다. 어디서 들고 왔는지 너덜거리는 책은 병원에 꽂혀 있던 어느 문화재단에서 발간한 간행물이었다.

"어머니, 책을 읽어 드릴게요. 이건 진짜 재미있는 이야긴데요. 어머니가 한 번도 생각해 보지 않은 것들에 대한 얘기랍니다."

황은 펼친 책을 얼마 읽지 못했다. 술에 취한 황은 그냥 시모에게 주절주절 이야기했다. 시모가 한 번도 생각해 보지 않은 일이, 바로 황의 그런 모습이었다. 박사가 되지 못한 황. 기이한 책에 빠저 제 일을 찾지 못한 황. 얼마 뒤 황은 잠이 들지 않은 다른 간병사들에게 쫓겨 나왔다. 누워 있는 시모는 당연히 한 마디도 알아듣지 못했을 것이다.

시모가 죽고 난 뒤 황의 책읽기는 한동안 심해졌다. 금은 답답하고 마음이 산란했다. 목젖이 바르르 떨리고 들숨과 날숨에 빽빽한 녹이라도 끼인 듯 불안스럽다. 언제부턴가 황이 똑같은 구절의 문장을 읽어 나가거나 똑같은 구절의 이야기만을 전언으로 남기듯 말하는 고장 난 언어 학습기 같아졌다.

· ·

벌써 오래전부터 새 가스레인지를 갖고 싶다고 금은 말했다. 금이 십오 년 가까이 써온 가스레인지는 두 개의 버너를 가진 오래된 구형 린나이 제품이었다. 한 이 년 전 심하게 닳은 오른쪽 작동 손잡이가 떨어져 나가자 금은 알뜰하게 다른 한쪽에 있는 것을 빼내서 옮겨 끼웠다. 그나마 지금까지 쓰고 있는 것은 금의 성격 탓이었다. 하지만 오래된 가스레인지에 불을 붙이기가 어려웠다. 점화가 제대로 잘 되지 않았다. 가스레인지의 부싯돌 기능이 떨어졌다. 여러 번 헛돌고 나면 금은 자신이 마치 비 오는 날 불을 피워야 하는 원시인 같은 느낌이 들었다.

"불이 켜지지 않아."

지난주 한번 금은 황의 아침 식탁에 내놓아야 할 달걀 프라이를 내놓지 못했다. 오랜만에 이른 아침 일을 나가는 황을 위해 금은 몇 번이나 가스버너를 돌려보았지만 가스 불은 점화되지 않았다. 틱틱거리며 가스 불이 켜지지 않는 가스레인지를 바라보고 있자 황이 금을 가로막고 섰다.

"뭐 하자는 거야? 가스가 끊어진 거야?"

황은 볼멘소리로 징징거렸다. 금은 들고 있던 그릇을 하마터면 황의 머리를 향해 내던질 뻔했다. 진작 사야 할 물건을 사지 못하고 전전긍긍하는 자신을 황은 모르는 척하고 있었다. 황은 시간이 없다며 서둘러 나갔다. 황은 먹어야 할 때를 놓치거나 밥상에 제 입맛에 맞는 음식이 없으면 불같이 화를 냈다. 하지만 황이 나가고 얼마 되지 않아서 가스 불은 보란 듯이 켜졌다. 파란 가스 불이 다시 기세 좋게 피어올랐다. 금은 속은 기분이었지만 다시 믿어 보기로 했다.

그런데 오늘 아침 황이 좋아하는 달걀찜을 하려고 했지만 다시 가스 불은 켜지지 않았다. 그나마 간신히 가스가 켜지고 난 뒤 이내 목이 꺾인 듯 울어대는 가스 누출 경보가 울리자 가스 밸브가 차단되어 버려서 가스 불은 몇 초 후에 꺼져 버렸다.

가스 누출 경보라니, 한동안 울리지 않던 그 경보가 삑삑거리며 울기 시작하자 금은 견딜 수가 없었다. 고장 난 가스레인지는 새로 사면 되지만 가스 누출 경보는 정지 버튼을 눌러도 이내 오작동이 일어나고 있었다.

한 달 전 가스레인지 위에 설치된 누출 경보 시스템이 격렬하게 울기 시작했다. 그때 황은 집에 없었다. 처음 금은 그 소리를 듣고 집안에 고여 있을 가스를 상상하며 방 안의 모든 문을 다 열고 환기를 시켰다. 금은 온 집을 불태우던 가스 사고를 두려워했다. 간혹 뉴스에 나오는 화재 소식들은 어이없지만 정말 실제로 일어날 수 있는 일이었다. 금은 방 안의 가구들이 바짝 약이 오른 불꽃에 휩감겨 타올라 버리고 남은 것이라고는 검게 그을린 냉장고나 검은 먹지같이 녹아 버린 물건뿐이라는 것을 떠올렸다. 누군가 가스 사고에는 엄청난 폭발음이 있었다고 말하지 않았던가? 금은 혹시나 폭발이 일어날까 봐 방 안에 고인 가스를 몰아내느라 수건으로 바람을 일으키고 다녔다. 냄새도 없이 스며든 가스를 정말 가스 누출 경보가 단단히 포착한 것일까? 그날 처음 들려온 가스 누출 경보 때문에 금은 한숨도 자지 못하고 집안의 창문을 열고 단속을 했다. 그런데 한참 뒤 이거 오작동 아냐? 그런 생각이 들 즈음 경보는 뚝 끊어졌다. 그리고 이내 가스레인지 위로 액상 소화 용액이 허옇게 쏟아져 내렸다. 마치 내장 속에 든 묵은 내용물을 다 쏟아내 놓고 나서야 진정이 된 듯 가스 누출 경보는 뚝 끊어졌다. 그날 밤 남편 황은 집에 들어오지 않았다. 황은 자신의 가게이자 연구실에서 불에 대한 연구를 하고 있었다고 했다. 굳이 보일러를 연구하는 것을 황은 때로 불에 대한 연구라고 말했다.

다음날 집으로 돌아온 황에게 금은 집이 불타오를지도 모른다는 얘기를 했다.

"불은 그렇게 쉽게 일어나지 않아."

황은 자신이 알고 있는 불에 대해 또 자신이 몸 바쳐 연구하고 있는 보일러의 원리에 대해 말했지만 소용이 없었다. 황이 볼 때 아내인 금은 늘 꿈과 상상에 시달리며 걱정을 달고 살았고 허약한 심신을 갖고 있는 여자였다. 황은 가스레인지 앞에 머물며 가스레인지 위 후드를 살펴보았다. 단지 소화액만 쏟아져 나왔을 뿐 예전과 다름이 없었다. 역시 불은 그렇게 쉽게 일어나지 않는다. 가스 누출 경보 시스템이 오작동을 일으켰을 뿐이었다.

금은 자신이 왜 그렇게 집이 불타오를지 모른다고 생각하는지 궁금했다. 집이 불에 타올라 한순간 절정에 도달해 남김없이 사라져 버리는 것. 어쩌면 금은 자신이 그렇게 불기운에 타올라 맹렬하게 집이 불타 버리는 것을 원하는지도 모른다고 생각했다.

이후 금은 가스레인지 위에 설치된 가스 누출 경보 시스템의 소리에 한동안 신경이 곤두서 있었다. 때로 아무런 이유 없이 그 소리는 한 번씩 낮이나 밤이나 귀뚜라미 울음처럼 삑삑거렸다. 밤에 자다가도 금은 일어나서 가스 누출 경보기 주위를 돌아다녔다. 그러다가 정지 버튼에 문제가 있는 것을 발견했다. 정지 버튼을 누르면 경보음이 들리지 않아야 하는데 가끔 그 정지 버튼도 문제가 생겼다. 한 번씩 잊고 있을 즈음 그렇게 가스 누출 경보는 삑삑 들려왔다.

황이 정말 좋아한 것은 책이었다. 황이 보일러 기계에 몰두한다 해도 그는 세상 한 귀퉁이 어디라도 눈을 박고 읽을 것이 있다면 그 위에 마음을 놓아 버렸다. 황이 오래 묵은 불의 책을 읽고 있으면 금은 마음에 불이 붙는 것 같았다. 황의 독서는 그야말로 아무런 소용도 없는 무위의 소진이었다. 황의 책읽기는 무한정 시간을 쏟아 부어도 메워지지 않았기에 바닥 없는 독에 물을 퍼붓는 꼴이었다. 오직 책을 읽을 때의 발작과도 같은 즐거움과 아무도 모르게 찾아드는 뻐근한 전율을 황은 혼자서 즐길 뿐이다. 금에게 있어 황이 읽는 책들은 황이 마음을 달랠 때마다 읊고 있는 주술 책이란 생각이 들었다. 더 정확히 어떤 책인지 알 수 없지만 구부정한 황의 등을 볼 때면 금은 황이 천 년도 더 넘도록 살고 있는 사람 같았다.

누군가 황의 뿌리가 흔들린다고 말한 적이 있다. 황의 기질이 큰 물에 무너지는 방죽처럼 무너지는 사람이라고, 그건 다 든든한 뿌리가 없어서라고 했다. 그리고 더 원천적으로 황이 가난한 불을 가진 탓이라고 말해 주었다. 하지만 어쩐지 금이 생각하기에 황의 그 가난한 불조차 활활 타오르지 못하고 겨울날의 짧은 석양처럼 열이 식어 버리는 것은 바람 탓이었다. 불을 맹렬하게 일어나게 하는 바람이 없어서라는 생각이 들었다.

금은 며칠 뒤 있을 몇몇 손님들의 방문을 준비해 두려고 했다. 그날은 금의 생일이었다. 금은 이번에 맞을 자신의 생일을 이제와는 다르게 보내고 싶었다. 다시 태어나는 기분으로 한 번도 생각하지 않은 방법으로 금은 생일날을 보내고 싶었다. 사흘 뒤 세 명의 천주교 신자들이 집에 올 것이다. 금은 과일과 약간의 음료와 그리고 다식을 만들기로 했다. 아무래도 자신이 손수 꿀에 버무린 다식을 만들어 둔다면 좋을 거라고 생각했다. 금이 일을 다니는 작은 마트의 판매 코너에 있는 친한 언니의 소개로 금은 세 명의 천주교 신자들을 알게 되었다. 그리고 그렇게 집에서 식사를 함께 하기로 했었다.

"선량하고 신심 깊은 사람들이 함께 기도해 주면 집안 걱정거리가 없어지고 좋을 거야."

금은 그날 황에게 누군가 우리 집으로 방문한다는 것을 알릴 생각이었다. 정말 그동안 누군가 손님이 찾아온 적은 몇 번이나 될까? 금은 손가락으로 꼽아 보는 시늉까지 했다. 몇 년 동안 한 번도 없었다. 금은 콩가루와 계핏가루와 녹찻가루를 꺼내 놓고 그중에 어느 것으로 만들까 꼽아보았다.

· ·

목이 비틀어진 새의 울음처럼 삑삑거리며 누출 경보 시스템의 오작동 소리가 다시 울리기 시작한 건, 황에게 꿀차를 한잔 끓여내고 난 뒤였다. 아침에 식사 준비를 하면서 울렸던 가스 누출 경보음이 잠시 울리다 멈춰 버렸기에 마음을 놓았는데 다시 울리기 시작했다. 황은 잠시 꿀차를 마시느라 집안에서 울리는 경보음을 잊고 있었다. 꿀은 일찍 자신의 품을 떠난 딸이 준 선물이었고 황은 늘 자신을 떠나 일찍 결혼한 딸이 시골에서 살고 있는 것을 꿀차를 마시면서 확인했다. 금은 처음 보았을 때 열 살이던 전처의 딸과 십 년 동안 함께 살았다. 산과 들에 천지로 핀 야생의 꽃에서 거둬

들인 야생꿀은 밀원이 어딘지를 몰라서인지 더 달고 진했다. 황의 딸은 어쩌면 금에게 단 하나의 위안인지 모른다. 꿀처럼 달고 평안을 주는 힘이었다.

가스레인지 위에 설치된 가스 누출 경보의 붉은 경보등이 반짝거리며 경보음이 다시 들리기 시작했다.

"저 가스 누출 경보음 당장 꺼버려."

황은 소리치며 경보기에 달려들었다. 황의 손에는 아직 꿀 찻잔이 들려 있었다. 황은 제대로 꿀차를 음미하며 마시지 못한 것에 더 화가 나는 것 같았다. 금이 이것저것 경보기에 붙은 해지 장치를 눌러보았다. 하지만 모든 기능을 잃어버린 자동로봇이 미처 다 꺼지지 않은 건전지로 마지막 소리를 내듯이 경보 시스템이 다 망가지고 나서도 경보음은 그치지 않았다. 당장 저 오작동되는 가스누출 경보기를 떼어내어 버리겠다고 황은 불에 덴 듯 소리를 질렀다.

"그럼. 관리실에 연락해서 경보 시스템을 다 끊어버려."

황은 금이 알아서 처리해 주기를 기다리는지 모른다. 어디에서부터 손을 대야 할까? 금은 낡은 가스레인지와 함께 부엌의 가스 경보 시스템을 떼어 내는 일에 전력을 다하기로 했다. 그런데 왜 황은 아무런 조치도 취하지 않는 걸까? 남의 집 보일러는 고치러 다니면서 왜 황은 집안일에는 이토록 무신경하고 낯선 손님처럼 자신을 몰아세우는지, 금은 화가 났다. 금은 자신이 불 속에서 이글이글 타 들어가는 기분이 들었다. 자신은 꼭 가스레인지를 가장 최신형으로 사야겠다고 금은 잘근잘근 입술을 깨물며 말을 삼켰다.

"관리소에 벌써 얘기를 했어. 이건 관리소에서 알아서 해주는 일이 아니래."

금은 서랍장을 뒤져서 두툼한 펜치를 들고 왔다. 오늘 저 가스 누출 경보기를 펜치로 뜯어내어 버려야겠다고 마음먹었다. 황이 저것을 건드리지 않는다면 오직 자신만이 저 불길한 경보음을 잠재울 수밖에 없었다. 도대체 아무런 위험도 없는데 가스 경보가 저렇게 울어 대니 하루도 살 수가 없는 것 같았다.

"가스 누출 경보기를 만든 업체를 찾아가 보라더군. 거기서 서비스를 받을 수 있대."

금은 관리사무소에 이미 이야기를 했었다. 처음 가스 누출 경보기가 울리고 난 뒤 다음날 왜 한밤중에 경보기가 울어대는지, 어디를 건드려야 저 삑삑거리는 소리가 멎는지 물었다. 하지만 관리소 직원은 어디까지나 가스 경보기는 아파트 입주 시 개인의 선택 사양이고 개인의 재산이기에 관리소에서는 손가락 하나 까딱할 수 없다고 했다.

"지금 가스 누출 경보기를 달고 있는 집은 어디에도 없어요. 모두 고장이 나서 고쳤다고 하더군요. 조심하세요. 그래도 우리 아파트 안전을 위해 가스 업체와 꼭 연락하십시오."

관리소 직원은 아무것도 알지 못했다. 금은 서둘러 낡은 가스 누출 경보기의 한구석에 적힌 전화번호를 찾아냈다. 오래전 특허받은 가스 누출 경보기를 만든 회사는 이미 없어져 버렸다.

"그럼 그 시행업체로 연락해 보시지요."

그날 그렇게 관리소 직원이 나른한 낮잠을 방해라도 받은 듯 얼른 끊어 버리고 싶은 마음으로 심드렁하니 말했다. 금은 망해 버린 회사가 남긴 저 미아 같은 가스 누출 경보기가 꼭 남편인 황만 같았다. 오작동에다 들쑥날쑥한 소음에 집안의 불을 막아 버리는 흉물이 아닐 수 없었다. 1억 원의 화재 손해 배상 보험에 들어 있다는 오래된 설명서를 찾아내 읽다가 금은 던져 버렸다. 지금 그 업체는 어디서 찾는단 말인가? 그냥 뜯어내 버려도 문제가 없는지 알 수 없었다. 어디에서부터 잘못된 것을 바로잡을 수 있을까? 금은 가스 누출 경보가 울릴 때마다 1억 원의 화재 손해 배상 보험이라는 글이 떠올랐다.

가스 누출 경보음은 더욱 극악스럽게 삑삑거렸다. 마치 어떤 생물체의 울음소리만큼 소리를 높여 울렸다가 다시 낮아졌다가 커져 나갔다. 가스 누출 경보와 함께 베란다 밖에 매달린 가스 차단기마저 경보음과 맞춰 오작동을 반복했다. 경보를 해지하는 버튼을 누르고 있는 동안 가스 차단기는 해제가 되어 가스가 유입되고, 경보 해지 버튼을 누르지 않고 있으면 차단기가 내려져 가스가 유입되지 않았다. 이건 뭐 두 개의 고장 난 고물을 한꺼번에 안고 있는 기분이었다. 그렇다면 잘라 버려야지. 금은 황에게 소리쳤다.

"이제 당신이 이걸 잘라 버려. 가스 누출 경보기로 연결된 선 말이야."

· ·

    금은 황이 가스버너를 들고 불쑥 금의 집으로 들어오던 오래전 일을 떠올렸다. 그날 황이 들고 온 가스버너는 어쩌면 결혼을 위한 프러포즈가 아니었는지 모른다. 하지만 스물아홉인 금이 황이 들고 온 가스버너에 꽂힌 것은 단지 황이 호기로워서도 아니고 멋져 보여서도 아니었다. 또한 황은 당시 일당을 두둑이 받고 기술을 인정받던 잘 나가던 보일러 기사도 아니었다. 그때 황은 금에게 활활 타오르는 불처럼 보였다. 황의 얼굴과 손바닥은 아무리 봐도 불을 담은 아궁이처럼 두둑하고 배짱이 있어 보였다. 금은 자신을 녹여 줄 것은 불밖에 없다는 것을 알았다. 차갑고도 냉정한 성격인 금은 부드럽고 뜨거운 열로 가득한 인생을 살고 싶었다. 금은 자신의 단짝 친구가 자신의 생일이 뜨거운 열로 가득해서 먹을 복을 타고 났다고 말하는 것을 들었다. 금은 친구의 농담 같은 말 한 마디에 마음이 동했다. '너도 네 인생에 불을 지펴줄 사람을 찾아야 한다'라며 똑똑한 듯 어른스러운 말투로 말하는 친구의 영향인지 금은 황이 들고 온 가스버너를 자신의 불로 여기고 싶었다. 오래전 황이 들고 온 가스버너에 금은 부드러운 누룽지를 끓였다. 커다란 냄비로 한 가득 누룽지를 끓였다. 오래오래 퍼지도록 끓였다. 황은 그때 금의 집을 증축하던 건설업자와 함께 일하고 있었다. 지금에 와서 가스버너를 왜 들고 왔는지 묻는다면 기억하지 못할 것이다. 아마도 제대로 챙겨 주지 않는 참을 해결하기 위해 라면이라도 끓여

먹으려고 들고 온 것인지 모른다. 황은 부드러운 누룽지에 반한 낯선 외국인처럼 금의 은근한 요리 솜씨를 칭찬했다. 금은 전문대학을 졸업하고도 제대로 된 일자리를 구하지 못하고 있는 자신의 할 일이 황을 위해 누룽지를 끓이는 것이라도 되는 듯 은근히 성실히 참을 챙겨 주었다. 그때 금의 집이 이층으로 증축되고 있었다. 아무런 벌이가 없던 금의 어머니는 단 하나 가지고 있던 대학가 근처의 집에 투자하기로 마음먹었다. 금의 어머니는 이층 옥상에 턱없이 많은 방을 만들어 하숙을 치려고 했었다. 집이 다 증축되고 난 뒤 금의 집 작은 방 한 칸에 황이 들어왔다. 황의 나이는 서른아홉이었다. 황에게는 이혼한 전처와의 사이에 난 어린 딸이 있었다. 황은 금에게 보일러를 연구해서 많은 돈을 벌어다 주겠다는 약속을 하고 말았다. 세상에 있는 불은 다 피워 올려서 금의 방을 따뜻하게 해줄 거라고 말했다. 황의 객기만은 아니었다. 금이 황을 사랑하게 된 것은 증축되는 집 방 안에 찬찬히 열선을 깔고 보일러를 가동시키는 황의 섬세한 작업과, 보일러에 대한 황의 진지한 태도 때문인지 모른다.

결혼 후 황이 새로운 보일러를 개발한다고 해서 돈만 내버리지 않았다면 금은 그런 대로 살아가는 데 어려움이 없을지도 모른다. 적금을 부을 수도 보험을 넣을 수도 있었다. 꿈의 보일러를 개발하느라 이만저만 돈이 들어간 게 아니었다. 어쩌면 그동안 들어간 돈만 해도 집 한 채 값 정도는 될 거라는 게 금의 생각이었다. 하지만 황이 만들려고 하는 보일러마다 알고 보니 이미 이름난 중소기

업체나 대기업이 만들어 버린 것이다. 이미 누군가 황의 머릿속을 환히 읽은 듯했다. 금이 생각해도 참 이상한 것은 사람들은 너무도 비슷한 것을 똑같은 시기에 똑같은 방법으로 생각하고 있다는 것이다.

황이 만들려고 하는 보일러는 온돌의 이론을 다룬 보일러였다. 금방 타오르다 차갑게 식는 보일러가 아니라 보일러를 켜는 순간 재질의 변화를 일으켜서 바닥 자체가 열에 의해 바뀌는 특수한 바닥을 만든다는 것이었다. 금은 황의 그 깊은 불의 세계를 잘 알지 못했다. 그러므로 당연히 황의 연구를 방해하는 말을 하거나 연구의 몰입을 떨어뜨리는 일체의 간섭도 하지 않았다. 그러는 사이 황은 보일러 기사로 오래된 건물의 재건축에 일감이 있어도 나서지 않았다. 금은 한때 황의 집념에 대해 존경을 보낸 적이 있었다. 그는 가난하고 외로운 노인들을 위해 복지관에 싼값으로 보일러를 깔아 주기도 했었다. 황은 또한 외계의 에너지를 이용해서 불을 만드는 작업에 한때 전력투구한 적도 있었다. 그런 모든 일이 황을 더욱 깊이 자신의 책의 세계로 이끌었다. 황에게는 이제 보일러를 놓던 시절에 만난 친구마저 멀어져 가고 있었다.

금은 어머니가 아궁이에 머리를 처박고 검은 연탄구멍 속 환한 불꽃의 구멍을 맞추기 위해 골똘히 연탄집게를 돌리던 것을 잠깐 생각했다. 금의 어머니는 아궁이에서 연탄을 갈고 있었다. 그 많던 방 안의 연탄보일러를 꺼트리지 않기 위해 새벽이나 깊은 밤 불을 피워야 하는 일은 힘이 들었다. 그날 금은 잠이 든 어머니를 대신해 집게를 벌리고 연탄을 쑤셔 넣었다. 연탄에서 피워 오르는 가스 냄새쯤이야 익숙했다. 하숙을 치면서 대학생 한두 명이라도 더 받기 위해 방을 늘였으니 일거리는 당연히 늘어났다. 식사 준비며 빨래거리도 대신 해주고 얼마를 더 받아냈다. 겨울이면 여섯 개의 방에 시간에 맞춰 연탄을 갈았기에 잠이 들었다가도 새벽 찬바람에 더듬거리며 나가야 했다. 조금씩 일산화탄소에도 중독이 되었는지 연탄을 가는 것도 그럭저럭 참을 만했다. 코끝을 톡 쏘며 치밀어 오르는 그 가스 냄새는 가끔 사먹는 콜라 맛이나 연탄을 갈고 난 뒤 잠깐 어두운 담벼락에 앉아 뻐끔거리던 담뱃불 냄새만큼 금에게 익숙했다. 별빛이 초롱한 밤은 연탄가스 배출이 잘 되었고 바람이 분다면 더 없이 좋았다. 하지만 바람이 잘못 들이친다면 연탄가스가 아궁이 안으로 들이칠 거라는 것을 금은 생각하지 않았다. 바람이 불길을 데려오는 것이다. 구름이 많이 낀 날이나 안개가 낀 이른 봄 연탄가스는 치명적이었다.

깊은 밤이나 새벽이 되면 '금이 제일 연탄을 잘 가는구나.' 하고 어머니는 금을 시켰다. '금이 연탄을 갈면 불이 잘 붙잖아. 구멍도 꼭꼭 잘 맞추고.' 잠결에 어머니는 금에게 중얼거렸을 것이다. 어쩌면 좋아? 나는 불을 만지는데도 도가 통한 사람인가 봐. 금은 새벽잠을 참고 일어났다. 금은 한참 뒤 싸늘한 방에 불이 잘 붙지 않은 것을 알았다. 불의 구멍을 열어두면 바람이 드나들어 연탄이 타올라야 했는데 제대로 바람이 불어주지 않았던 것이다. 그날 새벽 어머니가 죽었다. 겨울방학으로 세 군데의 방이 비어 있었고 어머니와 함께 잔 금은 멀쩡했지만 어머니는 가스를 마셨다. 연탄을 갈고 뚜껑을 제대로 덮지 않았는지 모른다. 그 많은 연탄아궁이와 버려진 연탄재들을 쌓아두고 어머니는 겨울날 새벽에 고압 산소실로 실려 들어갔다.

·· ··

황은 집안에서 사라진 불을 찾아내기라도 하듯이 가스레인지 주변을 더듬었다. 가스 경보기가 삑삑 울리는 것이 마치 기계 속 어딘가에 악동 같은 꼬마 아이가 들어앉아 있는 느낌이었다. 황은 펜치를 들고 가스 누출 경보기가 가스 차단기와 연결된 부분 앞으로 갔다. 일어나지도 않은 화재를 기다리는 듯 가스 누출 경보기는 절박하게도 울고 있었다. 황은 도시가스 계량기 위에 설치된 가스 누출 경보기의 두 가닥 선을 펜치로 잘라냈다. 붉은색과 검은색의 두 가닥 선은 댕강 잘려 나갔다. 순식간에 목을 비트는 듯한 소리가 잠잠해졌다. 마치 삑삑대던 새의 목을 댕강 잘라 버린 기분이었다.

"이제 됐지? 끝이야."

황은 허탈하게 웃었다. 금이 바라보는 동안 황은 펜치로 이제 남은 고장 난 가스레인지까지 뽑아내고 싶었다. 황은 아마도 모든 오작동은 기계 결함이 아니라 어쩌면 사용 방법의 착오인지도 모른다고 생각했다.

"하지만 진짜 가스가 새고 있는지 알 수가 없잖아요. 이젠 가스가 새어나와도 울어대는 경보기가 없으니 말이에요."

"그럼 가스레인지를 바꾸면 돼. 돈 줄 테니 가스레인지 보고 와."

황은 외투에서 돈뭉치를 꺼냈다. 언제 받았는지 모를 돈이었다. 오랜만에 황이 가지고 들어온 생활비였다. 금은 감겨 있던 고무줄을 빼고 돈을 세었다. 백오십만 원이었다.

금은 이번에야말로 세 개의 발열판이 있고 인조 대리석이 세팅된 가스레인지를 들여놓고 싶었다. 금은 가까운 하이마트에 갈 건지 아니면 차를 타고 멀리 전자랜드에 갈 건지 생각했다. 금은 이제 삑삑거리며 숨을 고르는 가스 누출 경보기를 떼어내 버리고 새로운 가스레인지를 들여놓고, 손님들도 집을 찾아오고 나면 뭐라도 달라지겠지 하는 심정이었다. 금은 가지고 있던 현금을 뚝 반으로 떼어내 가방에 넣었다. 가보면 뭐라도 눈에 띄는 게 보일 거야. 그렇다면 주저 말고 저질러 버려야겠다고 금은 마음을 먹었다.

황은 부글부글한 파마가 너울거리듯 솟아오른 금의 뒤통수를 바라보며 방 안에 남아 있는 알 수 없는 냄새를 감지했다. 어디선가 맡아지는 노린내는 아마도 오작동으로 안간힘을 쓰던 기계가 내던 냄새일 거다. 고장 난 기계에도 절망의 냄새가 있다면 이런 것일 거다. 황은 자신의 집안의 물건들이 얼마나 낡아져 가는지, 그리고 그런 물건들이 어떤 소리를 내며 삐걱거리는지 봐 왔다. 그뿐인가, 방 안의 옷장 문도 삐걱거리고 목욕탕 문의 잠금 장치도 고장이 났다. 그러니 쓰지도 않은 가스 누출 경보기가 오작동을 일으키는 것은 어쩔 수 없었던 것이다. 황은 자신의 인생도 헛발질하

듯 얼마나 수없이 오작동을 일으켰는지 그리고 그 냄새가 얼마나 고약한지 알고 있었다.

금은 다섯 번의 들락거림 끝에 첫 번째 봐둔 인조 대리석 상판에 세 개의 발열구가 있는 린나이 가스레인지로 결정을 했다. 삼십팔만 원에, 가스 연결을 해주는 기사가 방문한다는 조건이었다. 금은 하이마트의 점원에게 이틀 후인 목요일 오전에 오라고 했다. 그날은 금의 생일이고 그리고 처음으로 금의 손님들이 방문하기로 되어 있었다. 그러니까 늦어도 그날까지는, 늦어도 그날까지 기다리면 가스레인지 위에서 빛나는 새로운 파란 불꽃을 볼 수 있을 거라고 금은 중얼거렸다. '집안에 불이 있어야 한다고. 그것도 다이아몬드처럼 강하고 파란 불빛을 내는 불 말이야.' 하이마트를 나오면서 금은 마치 눈앞에서 일렁이는 그 파란 불빛들을 보듯 발걸음이 가벼웠다. 황의 가난한 불꽃이 바람에 일렁이며 끝없이 타오르는 불꽃으로 솟구쳐 오르기를 바라면서 말이다.

당신의 일곱 개 가방

어머니의 말을 기억하자면, 오래전 내가 태어나 처음 한 말이 달이었다고 그랬다. 분명 손을 뻗어 위를 가리키며 달이라 말했다고 했다. 그리고 자라면서 달 속에 부푼 덩어리로 앉아 있던 눈사람이 뒤뚱거리며 걸어 다닌다고 말했다고 했다. 어머니가 재봉틀을 돌리기 시작하면 언제나 그런 이야기가 쏟아져 나왔다.

"치, 거짓말……."

내 입에서 바람 빠지는 소리가 나왔다.

"실을 끼워다오. 그렇지 않으면 이야기를 안 할 테다."

태어나 처음 한 옹알이가 맘마가 아니라 달이라니, 어머니의 귀가 일찍 이상해졌는지 모른다. 아니면 맨 처음 달을 가리키며 수없이 달이라고 가르쳐준 어머니 자신의 수고를 깨우쳐 주려는 것인지 모른다. 잘라 먹어버릴 이야기가 궁금했을까? 나는 어머니의 발치에 앉아 산수 문제를 풀다가도 '실을 끼워다오.' 하면 발딱 일어나 실을 끼웠다. 어머니는 일찍 눈이 어두워졌는지 모르지만 그때 재봉틀 앞에 앉아 세상이 침침하다는 말을 자주 했다. 재봉틀을 돌리다가 실 끝을 놓치면 지그시 한 눈을 감은 채 나를 불렀다. 어쩌면 잠시 휴식이 필요했는지 모르고 '나 이렇게 열심히 재봉틀을 돌렸어.'라는 어머니 나름의 포만감이 있었는지 모른다. 바늘귀에 실을 다시 끼우고 나면, 어머니는 바지 주머니나 윗도리 주머니 속에서 짤랑거리는 동전을 꺼내주었다. 마치 값을 치르듯 말이다. 다시 찰찰거리며 명랑하고도 수선스러운 소리와 함께 바늘은 옷감 위를 미끄러져 갔다. 어머니의 말을 떠올리면 나는 그 동전을 커다랗고 푸른 항아리 속에 모아 두었다고 했다.

내가 보았다는 달 속의 눈사람은 어디로 사라졌을까? 동전을 모았다는 푸른 항아리는 언제 없어졌을까? 어머니와 아주 어린아이였던 나 사이에 나눈 말들은 어머니의 입으로만 전해진다. 누구의 말이 거짓말이고 누구의 말이 진짜인지 지금은 알 수 없지만 어쨌든 나는 어머니의 이야기를 통해서 비로소 내 삶이 시작되었다는 것을 안다. 마치 가방 속에 부푼 눈사람을 그득하게 담고부터 나의 달이 커나갔듯이.

그리고 어머니의 마지막 가방 속에 낡은 구두 한 켤레를 집어넣고 지퍼를 잠근다. 어머니의 이야기들과 기억들과 시간들은 일곱 개의 가방 속에 차곡차곡 들어 있다. 몸피가 홀쭉해진 어머니가 눈을 지그시 감고 가방이 되어 말한다.

"내 그럴 줄 알았지. 그 가방이 꼭 한 번은 쓸모가 있을 거라고."

· ·

어머니가 우리 집 마당의 일부를 터서 만든 솜씨네 방은 실과 바늘 그리고 수많은 천들로 모든 것을 만들어 내는 공간이었다. 어머니가 삼십 대 후반에 꾸린 첫 사업은 그런 대로 호황이었다. 하지만 말이 사업이지 그저 재봉틀 한 대로 어머니가 만들고 싶었던 것을 마음껏 만들고 이웃에 나눠 주기도 하고 그랬는지 모른다. 맨처음 옥스퍼드지로 앞 집 여고생의 보조가방을 만들어 주고 플라스틱 대야 세트를 얻었다. 여고생의 집이 시장에서 그릇을 팔고 있었기 때문이다. 이사 온 이웃집 새댁에게는 노랑 병아리 무늬 커튼을 만들어 주고 다시 스텐 부엌칼을 받았다. 그때 새댁의 남편은 보너스 대신 회사에서 가져온 칼들을 많이 갖고 있었다.

어머니의 솜씨네 방은 그렇게 물물교환 정도의 수공업으로 시작해서 점점 안정적으로 돈을 벌어 갔다. 때로는 방석커버를 만들고 보온 밥솥 덮개를 만들기도 했다. 가끔 이불 홑청의 끝자락을 레이스 천으로 박음질해서 팔기도 했다. 솜씨네 방 한구석에서 숙제를 하고 있던 열 살의 나는 재봉틀 아래 굴러다니는 지지미나 뉴똥 헝겊으로 인형 옷을 만들어 입히며 놀고는 했다. 가끔 어머니가 나에게 심부름을 시켜 바늘귀를 끼우게 했고 재봉틀 기계 사이사이에 기름칠을 하게 했었다. 서너 번 연습 끝에 나는 아주 빠르게 재봉틀 이곳저곳에 차례대로 실을 끼워 두었고 기름칠 하는 구멍을 찾아냈었다. 그리고 그 구멍 속으로 기름통을 꽂아 두어 번 꾹꾹 눌러 주었다.

"사람한테도 이렇게 딱 맞아떨어지는 기름구멍이 있다면 좋으련만. 기름칠 한 번이면 말 잘 알아듣는 구멍 말이다."

기름칠을 한 재봉틀을 어루만지며 어머니가 말했다. 어머니가 말한 기름 구멍은 늘 세 가지였다. 그것은 남편과 자식과 팔자라고 했다가, 운과 복 그리고 재물이라고 말하기도 했다. 그리고 그것은 때때로 변하기도 했다.

윗실과 밑실이 노루발 가운데 만나게 되면 어머니의 재봉질이 시작되었다. 그러면 바늘방석에 꽂힌 수많은 알바늘과 시침핀들도 때맞춰서 드르륵 몸을 떨기 시작했다. 오후 3시, 라디오에서 '정다운 노래'가 시작되듯 어머니의 이야기도 재봉질과 함께 시작되는 것이다. 방 안 가득 오후의 가을 햇살이 들어와 있고 노루발 아래 휘감긴 레이스 자락이 바늘의 움직임에 따라 꾸물꾸물 이어져 가방끈이 되거나 이불자락이 되었다. 햇빛이 환하게 그 이불자락 위에 떨어졌다. 그 환한 느낌은 아직도 그 방 안에서 재봉틀의 드르륵거리는 소리와 함께 어머니의 까닥거리는 발등을 떠올리게 했다. 재봉틀 소리와 함께 내가 들은 어머니의 이야기는 '그게 지금 생각해도 신기하지만'으로 시작되어 마지막은 늘 '그게 본시 그랬거든'으로 끝이 났다.

어머니가 제일 잘 만들던 것은 레이스가 달린 방석커버와 앞치

마였다. 가끔 오래된 옷을 수선해서 남들이 생각하지 않은 괴상한 주머니가 달린 조끼를 만들어 나에게 입히기도 했었다. 어머니가 만든 홈패션은 조금 독특했는데 어느 상점에서도 같은 것을 찾기 힘들게 한 가지 천으로만 만들지 않았다. 가령 앞, 뒤가 서로 다른 보색으로 이어진 방석이거나 앞판과 뒤판을 다른 질감과 무늬의 천으로 붙여 놓은 앞치마나 테이블보 같은 것이었다. 어쩌면 이리 저리 이어붙이는 이야기처럼 어머니에게는 옷감들도 이리저리 붙여 두는 이야깃거리일 수 있었다. 치수를 꼼꼼히 재지 않고 눈대중 으로 대충 만들어 입히는 옷들이 그런 대로 예뻤던 것은 아마 서로 다른 천들이 어우러졌기 때문일 것이다. 한여름을 빼고 어머니는 집 에서 버선을 즐겨 신었다. 당코바지에다 하얀 버선을 신고 재봉틀의 발판을 굴리고 있는 모습은 그네를 뛰듯이 참 재빠르고 힘찼다.

어머니에게는 옷을 맡기려고 오는 몇몇의 여자들이 있었다, 어 머니는 재봉질을 할 때면 그 여자들과 소리 높여 이야기를 하고 깔 깔거리며 웃기도 했다. 어떤 여자는 돈 씀씀이를 못 믿어 찬거리 살 때마다 천 원씩, 이천 원씩 따져 가며 돈을 주는 남편 때문에 속 상하다고 그랬고, 어떤 여자는 남편이 몰래 숨겨 놓은 비상금을 찾 아서 검은 친칠라 목도리를 샀다고 자랑했다. 한참 얘기를 나누다 가 이웃 여자들은 장독에서 꺼낸 동치미에 팥죽을 한 대접씩 나눠 먹고 가기도 했다. 그러다 다시 어느 집 아저씨는 자다가 풍을 만 나 입이 돌아갔고, 이웃집에 든 도둑은 돈에는 손대지 않고 소철 화분을 훔쳐 갔다는 이야기도 했었다. 그때 시간은 웃음소리와 함께 재봉틀의 속도만큼 빨리 가 버렸다.

　어머니의 이야기들은 재봉틀 아래 놓인 옷감의 화려한 무늬를 닮았다. 때때로 길고도 긴 꽃무늬 바이어스 천처럼 이야기가 쏟아지기도 했고 겉을 홀랑 뒤집으면 전혀 다른 색깔이 되는 잔잔누비 베개의 속통처럼 한순간에 서로 다른 이 이야기와 저 이야기가 아귀가 짝 맞아 떨어졌다. 이야기가 절정에 다다를 때는 재봉 바늘도 재빠른 발길질에 격렬하게 움직이면서 옷감 위를 가로질러 갔다. "자 한번 몸에 대 봐라." 실을 끊어 내고 툭 던지듯 그렇게 수선된 옷을 완성하고 나면 어머니는 오랜 감금 생활에서 끝난 사람처럼 부엌으로 가서 물 한 잔을 들이켰다. 그리고 다시 싸우러 가는 사람처럼 재봉틀에 앉았다. 한나절 가위질로 재단된 천들과 이웃들의 이야기들은 흰 버선을 신은 어머니의 두 발 사이로 춤추듯 달려 나갔다. 어머니는 아마 밖으로 나가 달리는 대신 그때 그렇게 발틀을 돌렸는지 모른다. 그래서인지 어머니의 몸에서는 싸한 바늘땀 냄새가 났었다.

· ·

　어머니가 들려준 오래전의 이야기는 어쩌면 모두 거짓말이거나 지어낸 이야기가 아니었을까? 어머니가 내게 가끔 말한 신기한 이야기는 내가 보지 못한 어느 텔레비전의 장면이었다. 어머니로서도 상상하고 이해하기 어려웠던 아폴로 11호 우주선에 대한 것이었다. 달에 우주인이 내려 첫 발을 딛는 장면을 어머니는 정말 보았을까? 그랬을 거라 믿지만 어머니로서는 달의 중력이 왜 지구와 다른지, 로켓이 어떤 힘으로 지구의 대기권을 벗어나고 달에서 우주인이 왜 우주복을 입어야 하는지 과학적으로 다 이해하지 못했을 것이다. 어머니는 우주인이 입은 우주복과 우주복의 등에 붙은 우주배낭에 대해 말하고는 했다. 그 우주인의 등에 달린 은색의 가방 속에 무엇인가 진귀한 것이 들었을 거라고 그랬다.

그 속에 뭐가 들었을까? 어머니의 반짝이는 눈빛은 어린 나를 사로잡았다. 마술사의 검은 가방 속에 들어 있는 만국기나 흰 비둘기, 꽃으로 피어나는 오색실처럼 어머니는 우주인의 배낭 속에 든 것에 대해 눈으로 본 것처럼 이야기를 해주었다.

"그 가방에는 아주 길고도 긴 은색 줄이 있어서 그 우주인이 어느 먼 우주 속으로 날아가지 못하도록 꼭 잡아 주고 있지. 뱃속의 아이가 태를 감고 있는 것처럼 말이지"

나는 말없이 듣고 있었다.

"우리도 세상에 올 때 그런 줄을 가지고 오지 않았냐? 그러니 우주로 갈 때도 긴 은색 줄이 있어야겠지. 그런 줄을 가지고 있다면 우주로 나가 한 번 빙글빙글 돌아보고 싶다. 그러다가 툭 끊어지면 우주로 빨려 들어가 별이 되고 싶고."

나는 그때 지구에서 떠나 우주 속을 빙글빙글 돌며 사라져 가는 어머니를 상상해 보았다. 글쎄 그것은 죽는다는 말의 또 다른 표현이겠지. 죽어 영영 사라진 어머니란 존재를 납득할 수 없어 나는 울고는 했다. 그러면 어머니는 마치 인생의 단맛과 쓴맛을 이미 맛본 사람처럼 눈을 살짝 치켜뜨며 웃었다.

"그러면 네가 날 찾으러 와야지. 말이 그렇다는 거다."

손님이 주문하고 간 커다란 가방이 제대로 만들어지고 있자 어머니는 기분이 좋아져서 콧노래를 불렀다. 어머니는 내게 중학교에 들어가면 아주 튼튼하고 커다란 가방을 만들어 주겠다고 말했다. 우주인의 배낭처럼 내 등에 딱 붙어 나를 지켜 주는 가방 말이다. 나는 책과 공책을 넣고 도시락을 넣고 가방을 잠근다. 그래도 그 가방 속은 넉넉하게 남는다. "그것밖에 넌 넣을 게 없냐?" 어머니가 퉁을 준다. 어머니가 만든 가방 속은 거대하다. 나는 다시 두꺼운 백과사전을 넣고 챙 모자를 넣고 구두를 집어넣고 그리고 조심스레 달 속의 눈사람을 집어넣는다. 그쯤 되면 어머니는 깔깔 웃는다. 자신이 만들게 될 가방이 그렇게나 클 수 있다니. 발틀을 돌리며 어머니는 즐거워했다. "그 가방 한 번 크게 쓰일 데가 있을 거야." 어머니가 말한 가방은 세상을 다 담는 보자기. 달까지 푹 싸 담을 수 있는 마술 가방이었다.

한번은 어머니가 오래전 진주 개천예술제에서 고교 밴드부원으로 축하 행사 트럼펫을 불었다던 육순의 사촌동생 이야기를 했다. 얼마나 트럼펫을 잘 불던지 텔레비전에도 나올 뻔했다는 얘기와 당시에 인기 있던 여가수가 맘보를 추면서 입었던 불란서 망사 옷이 얼마나 고급스러운지 얘기해 주기도 했다. 어머니가 말하는 근사한 모습이란 언제나 옷차림과 관계있었다. 불란서 망사를 뜻한다는 불망은 어머니가 언제나 세련된 옷차림을 말할 때 대표적으로 쓰는 말이었다. 또 단순한 모양의 라운드 원피스를 입을 때는 꼭 목에 스카프를 둘러야 한다든지 남색 비로드 반코트를 입을 때는 꼭 보랏빛 잠자리 모양의 브로치와 반짝이는 작은 손가방을 들어야 한다고 그랬다. 그 외에도 어머니에게는 사진을 찍을 때는 왼쪽 어깨를 앞으로 좀 더 내밀고 발뒤꿈치를 붙인 상태로 먼 곳을 응시하며 사진을 찍어야 한다든지 하는 원칙이 있었다. 얘기를 하다 보면 저녁 으스름 연탄불 위에 얹어둔 찌개가 끓어 넘치기도 했고 국이 졸아들기도 했다. 그러면 어머니는 머리에 실밥을 묻힌 채 쏜살같이 부엌으로 달려가 국 냄비를 샅샅이 훑어보았다. 그러고는 졸아든 찌개가 더 맛나다며 싱긋 웃었다. 우리는 졸아든 된장찌개를 자주 먹었다. 때로 고구마를 찌다가 태워 먹기도 했고 또 대추와 인삼을 넣은 아버지의 약을 끓일 때도 깜빡 태워 버릴 뻔했다. 외국 상선을 타고 항해를 해야 했던 아버지는 일 년에 한 번씩 집으로 돌아와 한두 달 쉬고는 했다. 그러기에 어머니가 한약재를 챙길 즈음은 아버지가 돌아오는 시기와 맞아 떨어졌다. 냄비가 눌어붙으면 어머니는 화력 좋은 연탄불을 탓했다. 이야기는 찌개의 맛처럼 졸아들었다.

나는 어머니가 들려주는 이야기를 우려먹으며 컸다. 어쩌면 찌개 맛과 국 맛에 살이 찌기보다는 재봉틀 아래서 빳빳한 포플린 옷감의 냄새를 맡으면서 살이 붙어 나갔는지 모른다. 그러므로 내가 알고 있거나 꿈꾸는 모든 이야기는 어머니가 내게 던진 이야기의 사본에 불과한지도 모른다. 나는 재봉질 하는 어머니의 의자 옆에 기대서서 바지런히 심부름하며, '그래서, 그 다음은 어떻게 되었는데'라고 이야기를 재촉했다. 재봉틀의 실은 끊임없이 돌아가고 젊은 어머니 인생의 시간은 길고도 질겨서 이야기의 마지막은 이빨로 질끈 물어뜯어서야 툭 끊어졌다. 마치 실을 끊어 내듯이 말이다.

· ·

침대에 누운 채 어머니가 천천히 세워진다. 경사침대에 묶인 채 눈을 감고 있는 어머니의 모습은 발사대에 서서 카운트다운을 기다리는 우주인처럼 보였다. 풍을 맞은 어머니의 뻣뻣한 몸이 하루 삼십 분씩 경사침대에 묶여 있다.

'실을 끼워다오. 그렇지 않으면 이야기를 하지 않을 거야.'

그렇게 말하던 소리가 떠오른다.

실이 툭 끊어져 버린 순간이 있었다. 어머니가 목욕탕에서 쓰러지던 순간이었다. 봉지가 찢기듯 내뱉던 어머니의 한숨 같던 목소리가 어쩌면 어머니 인생의 끝이자 또 다른 인생의 시작이었다. 응급실 간이침대에 누운 채 수술 준비를 위해 찢어 버렸던 어머니의 옷자락이 그 시간 속에 끼어 있었다. 수술 준비는 재빠르게 이어졌다. 의사가 가져온 어머니의 뇌 사진에는 군데군데 출혈이 있음을 알리고 있었다. 사진 속 뇌혈관의 어느 부분에 작고 하얀 눈사람

모양으로 혈관이 부풀어 있었다. 일종의 기형 혈관이랄 수 있는 그 부풀어 오른 눈사람 형상은 혈압에 의해 곧 혈관이 터져 버린 것을 뜻하는 것이었다. 작고 하얀 눈사람 모양의 그것은 어머니의 가방 끝에 달린 작은 열쇠 모양 같았다. 검고 흰 대칭 그림처럼 좌우로 벌어진 뇌혈관의 사진은 난해한 지도처럼 읽혀졌다. 한 번도 끝나지 않았던 어머니의 이야기들이 이제 그 지도 끝에서 길을 잃게 된 것이다.

"기억이 엉켜버려 시간 개념이 없어지게 되겠지요. 당연히 언어와 신체의 장애가 오고 걸을 수 없을지도 모릅니다. 아니 더 중요한 것은 생명이 위태로울 수도 있다는 겁니다."

젊은 의사는 나에게 수술 동의 사인을 받으며 말했다. 긴 시간 중환자실에서 지내야 했다. 의식을 놓친 어머니는 침대 위에서도 아래로 축 처져 내리는 듯했다. 병실에서 산소호흡기 사이로 맡았던 뜨듯하고도 졸아드는 짜디짠 냄새가 떠오른다. 가래가 차올라 절제된 기도에서 그르렁거리면 재빨리 석션기로 뽑아내야 했다. 그러므로 가래를 빼기 위해 밤을 꼬박 새기도 했었다. 출혈로 인해 차오르는 뇌수액을 빼내기 위해 시간마다 빠져나가던 수액의 양을 재던 밤도 있었다. 뇌수액 속에서 빠져나와 층을 이루며 말갛게 가라앉던 붉은 피는 어머니가 아끼며 간직해 온 루비 반지보다 더 붉었다. 힘든 시간들은 링거액처럼 아주 조금씩 떨어져 느리게 흘렀다.

며칠 전부터 어머니는 경사침대에 서 있는 재활 훈련에 들어갔다. 이제는 어머니에게 전화를 걸어오는 친구도, 함께 사우나를 가자는 친구도 없어졌다. 그저 경사침대에 매달리고 몸을 움직이는 훈련만 남아 있다. 어머니의 몸은 납덩이보다 더 무겁다. 저렇게 몸이 무거운 것은 어머니가 말하던 그 줄을 맨 우주인의 은색 가방이 없어서가 아닐까? 경사침대가 직각으로 세워진 다음에야 찡그리고 있던 어머니가 다시 눈을 반짝 떴다. 세 개의 벨트로 침대에 몸이 묶인 어머니의 허리춤 밖으로 검은 비닐봉지가 삐져나와 있다. 소변 팩이다. 간병인들은 이걸 따뜻한 가방이라고도 불렀다. 하기는 체온만큼 뜨듯하다. 이곳의 어디라도 돌아보면 소변 팩을 가린 검은 비닐봉지를 허리춤에 달고 다니는 사람들이 가득했다. 뇌혈관 질환자들의 재활치료실은 어쩌면 주머니를 달고 있는 사람과 그렇지 않은 사람들로 나눠질 수도 있을 것 같았다. 반짝 뜬 어머니의 눈은 그러나 그 어느 것에도 가 닿지 않는다. 졸린 듯 다시 눈을 내리감는 모습이 이제는 여위고 갑절 늙어버려 축 처진 얼굴을 스스로 달래는 것 같다.

경사침대에 서 있는 삼십 분 동안 물리치료사는 어머니의 두 팔목과 손등에 전기 자극 패치를 붙여 놓았다. 전류의 세기에 따라 때때로 어머니의 손바닥이 수신 안테나처럼 펼쳐졌다가 오그라든다. 가끔 팔이 전기 자극으로 인해 제멋대로 오르내리기를 반복하자 어머니 자신도 그걸 빤히 보고 있었다. 아직 제 손의 감각이 없다. 경사침대에 있는 동안 어머니는 중력을 감당하는 것이다. 발바닥이 땅을 기억하라고 제 몸의 무게를 실어 보는 것이다. 그렇지 않고 누워만 지낸다면 발가락과 발등은 다시 걸을 수 없을 정도로 휘어진 채 굳어버리는 것이다.

경사침대에 매어져 서 있는 어머니가 마치 뭔가를 증언하기 위해 서 있는 사람 같기도 하고 발사대에 선 우주인 같기도 한 것은 나만의 느낌일까? 우주인이라니. 손가락 하나 제대로 움직이지 못하고 세 번의 뇌수술로 찌그러진 머리통을 가지게 된 늙은 어머니가 그처럼 보인다니 어이가 없다. 하지만 내 눈에는 그렇게 보인다. 어머니는 뭔가 내게 감추고 있는 것 같다. 어린 시절 어머니는 이야기를 할 때마다 살짝 망토에 몸을 숨기듯 결정적인 순간 그 답을 내게 던졌었다. 무엇 때문에 어머니는 저렇게 경사침대에 서 있나 싶었다. 정말 그 등에 가방을 매단 우주인이 되고 싶어서였나 싶었다. 그러다가 결국 어머니는 내게 얘기해 주던 그 우주인이 되고야 말았구나 하는 생각에 조금 먹먹해지고 만다. 어머니는 알고 있었을까? 모든 살아 있는 것에는 씨앗이 들어 있듯 어머니가 젊은 날 해주던 그 말에도 이런 씨앗이 숨어 있었다는 것을.

"안녕하세요. 할머니, 오늘은 머리에 핀을 꽂았네요?"

팔의 관절을 부드럽게 꺾으며 물리치료사가 물었다. 운동 치료 침대로 옮겨진 어머니가 눈을 한 번 움직여 고개를 끄덕인다. 머리카락이 차츰 자라나 이제 핀을 꽂아도 될 만했다. 아직 어머니는 말을 하지 않는다. 성대와 입안 근육이 마비에서 조금 풀렸는데도 아직 말을 하지 않는다. 언제쯤 말을 하게 될지도 알 수 없다. 물리치료사가 환자들에게 말을 건네는 것은 대답을 듣기 위해서라기보다 이제 움직임이 시작된다는 신호를 보내는 것이다. 굳은 팔이 움직일 때마다 어머니의 얼굴이 이지러진다. 아프다는 것을 느끼는 게 치료의 시작이라고 했다. 팔목 관절에서 시작되어 누운 상태로 다리 관절을 움직이고 몸을 옆으로 돌려 눕히는 것이 운동 치료의 전부이다.

"이 가방은 누구 거예요? 할머니 가방 어디 있어요?"

바지춤에서 빠져나온 소변 팩을 살짝 건드리며 치료사가 농담을 건넸다. 그러자 어머니의 목 한가운데 기도에 꽂혀 있는 튜브에서 풍선처럼 가래가 들끓어 오른다. 갑작스럽게 가래가 튀어나오는 걸 본 물리치료사도 손을 쉬고 기침이 진정되길 기다린다. 자극에 가장 민감하게 반응하는 것이 호흡이고 그것이 기침으로 나왔다. 휴지로 튜브의 끝을 닦아 내며 가슴을 두드려준다.

가방은 어디로 갔을까? 마치 어머니도 그 어떤 가방을 골똘히 생각을 하고 있다가 깜짝 놀랐을지도 모른다. 어떤 가방이란 말인가? 거추장스러운 소변 팩을 달고 있으면서 제 몸에서 흐르는 뜨듯한 것에 어머니는 당황이라도 했을까? 물리치료사는 다시 어머니의 손을 잡아 슬쩍 소변 팩에 닿게 했다. 자신의 몸을 느끼라고 치료사는 말했다. 자신의 몸을 느끼고 몸에 달린 이 장치들의 이물감을 느끼라고 했다. 어머니 몸 어디에 저런 낯선 이물감이 있었던가? 때때로 나는 어머니의 등짝을 후려치고 한순간에 저렇게 박제를 해놓은 병이 어머니 속에 숨어 있었다는 것에 더 이물감을 느꼈다. 나도 누군가를 향해 내 속을 홀랑 벗어 뒤집어 지금 이것이 아

니라고 소리치고 싶었다. 치료사의 손에 이끌려 어머니는 힘겹게
자신의 코끝을 살짝 만진다. 제대로 자리에 앉지 못하는 어머니는
한 덩어리의 물렁한 눈사람처럼 둥글다.

"이건 코입니다. 이건 이마. 자, 자기 얼굴을 잘 기억하세요."

· ·

네 명의 환자들이 입원해 있던 입원실에는 아침나절 삼십 분 정
도만 해가 들었다. 하루 중 햇빛이 쏟아지는 오직 그 시간만큼은
세상에서 위로를 받는 느낌이 들었다. 머리 부분에 비친 햇빛은 수
술로 함몰된 어머니의 머리 위에 얼룩 같은 그늘을 만들었다.

"그 머리 바느질이 아주 잘 됐네."

수술을 마친 뒤 친척 중 누군가 농담을 했었다. 밤새 기관지에
가래가 많이 차서 흡입기를 두 번이나 비워 내야 했다. 그 흡입기
로 빠져나가는 소리를 들으면 쭈그러진 늙은 어머니의 목젖을 쥐
어짜는 것같이 느껴졌다.

"오줌 가방부터 챙겨야지. 역류되면 큰일 나."

옆 침대칸에서 소리가 들려왔다. 아침부터 맨바닥에서 야콘을
깎아 먹고 있는 늙은 여자는 옆 침대 젊은 청년의 보호자다. 보이
지 않는 눈처럼 이 늙은 여자는 내가 하는 일을 미리 짚어 넌지시
일러준다. 간병사가 하루 쉬는 날이라 나는 집안일을 팽개치고 이
른 아침부터 병원으로 달려왔다. 중환자실에 있을 동안에는 면회

시간 내내 병원을 오갔고, 입원하고부터는 간병사가 있음에도 거의 매일 병원을 왔었다. 곧 아침 운동 시간이 되어 휠체어를 가지고 와서 미리 어머니를 앉혀 두어야 했다. 그러기 위해서는 기저귀를 갈고 소변 팩을 비워 버리고 그 양을 기록해 두어야 했다.

당뇨가 있어 틈틈이 야콘이나 다시마를 챙겨먹는 늙은 여자는 보호자용 간이침대 위에 수북하게 시장 봐 온 물건들을 늘어놓았다. 또 이른 아침 병원 근처 새벽시장에 다녀온 모양이다. 아들을 간병하는 틈틈이 집에 왔다 갔다 하며 콩도 까고 마늘도 까고 무도 씻어 두고 멸치도 다듬는다. 오토바이 사고로 경추를 다쳐 꼼짝없이 누워만 지내야 하는 그녀의 아들은 하루 종일 잠을 잤다. 의식이 드는 순간부터 먹는 것을 거부해 왔다는 그녀의 아들은 그저 끼니때마다 배에 연결된 줄로 유동식을 먹는다. 먹는다기보다는 위로 부어 넣는다는 말이 맞을 것이다. 죽고 싶지만 죽을 수 없는, 그래서 살고 싶지 않은 아들을 달래며 늙은 여자는 늘 잔소리를 늘어놓았다.

술을 마시고 오토바이를 탔다고 했다. 가난하다고 제 아버지에게 대들고 집을 나와 저렇게 됐다고 그랬다. 술을 마신 것 때문에 아무래도 민사소송에서 합의금을 크게 기대할 수도 없다고 눈물을 질금거린다. 늙은 어미의 손이 아들의 뱃줄 끝에 주사기를 끼운 채 유동식을 밀어 넣으면 아들은 고개를 돌려 눈을 감아 버렸다. 오래전에 없어져 버린 탯줄, 그 줄이 젊은 청년의 또 다른 탯줄처럼 내 눈에 보였다. 소변 팩을 비우고 마개를 단단히 잠근다. 소변에서 풍겨 오는 지린내에 익숙해진 것도 사실이지만 병실에 풍겨오는 비릿한 살 냄새에도 익숙해져 버렸다.

딸아이에게서 전화가 걸려 왔다. 초등학교 삼학년인 아이는 내일 어머니가 참여하는 수업이 있다고 알려주었다. 제 할머니 병원에 가 있느라 내가 바쁘다는 것을 이미 알고 있었다. 그러기에 딸아이는 쉬는 시간에 전화를 걸어 왔다.

"엄마가 들려주는 이야기야. 엄마가 나에게 들려주고 싶은 이야기를 친구들에게 해주는 거야. 엄마 참여수업 할 거지?"

딸은 간단하게 이야기를 전한 뒤 전화를 끊어 버렸다.

어머니가 쓰러지고 난 뒤 어머니의 가방이나 소지품을 정리하는 일은 내 몫이었다. 멀리 다른 지방에 사는 언니나 동생보다 어머니의 생활은 나와 제일 가까웠다. 먼저 어머니의 보험증서나 은행 업무에 관련된 통장을 찾아 두어야 했고, 친구나 동네 아줌마의 연락처를 알아 두어야 했다.

어머니의 가방을 찾으러 어머니의 집에 왔을 때 오후 해가 설핏 어머니의 아파트 안을 비추고 있었다. 쓰러지기 몇 달 전 이곳 아파트로 이사를 왔기에 집안은 깨끗하게 정돈되어 있었다. 집안은 내가 어머니와 함께 병원으로 급하게 떠나갈 때 그대로였다. 부엌에는 한 방울의 물도 남지 않고 증발되어 식기들이며 싱크대 수납장 속의 모든 반찬통들이 목마른 듯 보였고 냉장고 안은 곰팡이가 핀 오이 서너 개와 먹다 남은 반찬 그릇과 음료수 병이 제자리를 지키고 있었다. 베란다에는 시들어 가면서도 움을 틔우는 늙은 감자 몇 알과 여름날 사다 둔 마늘이 커다란 통에 담겨진 채 있고, 된장독 안에는 하얗게 곰팡이가 피고 있었다. 이제 다시 어머니가 베란다에 앉아 콩을 갈무리하고 깨를 씻어 볶고 걸레를 빨아 널고 장독에 된장을 담그는 일은 없을 것이다.

오래된 자개 화장대 서랍을 열어 서류 봉투를 이리저리 뒤지고 손가방들을 끄집어냈다. 어머니의 통장은 보이지 않았다. 다시 개켜진 옷들이 들어찬 옷장의 칸칸을 이리저리 살피고 손바닥을 쑤셔 넣어 보았다. 그곳에도 통장은 없었다. 꺼내온 가방들을 방 안에 늘어놓았다. 어떤 낡은 가방은 속이 텅 비어 있었다. 어떤 가방에는 두어 개의 볼펜과 중국 음식점에서 주는 이쑤시개, 전화번호와 자주 이용하는 음식점의 명함이 꽂힌 수첩과 수지침에 사용할 바늘통들이 들어 있었다. 어머니가 자주 들고 다니던 외출용 가방 속에서 누벼진 지갑을 꺼냈다. 지갑 속에는 대여섯 군데의 병원 진료카드들이 들어 있었다. 그 진료카드 사이에 비닐로 코팅해둔 네잎 클로버가 있었다. 어머니는 늘 다니는 절의 뜰에서 네잎 클로버를 자주 찾아냈다. 네잎 클로버를 뽑아들면 꼭 비닐로 코팅해서 친구들에게 선물을 했었다. 물론 내게도 비닐로 코팅한 네잎 클로버를 마치 부적을 건네듯 의기양양하게 주었다. 마치 '봐라, 나는 재수 좋은 사람이다.'라고 말하는 것처럼. 어머니는 정말 운이 좋은 사람이었을까? 한 번은 내가 세잎 클로버에 다른 한 잎을 붙여서 네잎 클로버를 만들기도 한다더라고 말했더니 어머니는 깔깔 웃었다. 정말 어머니가 찾은 네잎 클로버는 진짜였을까?

먼지가 살짝 내려앉은 안방의 방바닥으로 노랗게 햇살이 기울어졌다. 손바닥으로 방을 한 번 쓸고 난 다음 방바닥에 이곳저곳에서 빠져나온 가방들을 찬찬히 늘어놓고 보았다. 칠순의 어머니에게 일곱 개의 가방이 남아 있었다. 일곱 개의 가방 속에 어쩌면 일흔 개의, 아니 칠백일흔일곱 개의 이야기가 숨어 있다는 셈이다.

"겨우 이것이야?"

내 속의 누군가가 말한다. 좀 다른 이야기를 해달라고 말하고 있다.

"그래, 이게 다야."

동전 하나 들어 있지 않는 빈 주머니를 탈탈 털며 빈껍데기가 된 어머니가 대답을 한다. 일곱 개의 가방으로 남은 어머니 이야기를 누군가에게 해주어야 한다.

이곳으로 이사를 오자 어머니는 시루떡을 안방 한가운데 놓고 사방으로 절을 했다. '사람이나 집이나, 왔으면 인사를 하고 살아야지.' 어머니의 인사법은 그랬다. 어디를 가더라도 좀 잘 봐달라고 먼저 친근하게 굴었다. 원래 사람을 좋아하고 사람들 사이에서 이야기 들려주기를 좋아하는 성격 그대로 동사무소에 가면 동사무소 직원과 금방 사귀고 약국에 가서는 약사와 금방 친해져 드링크제를 한 병 더 얻어 오기도 했다. 그때 나도 아파트 안 여기저기를 살폈다. 어머니는 나이에 어울리지 않게 벽의 두어 곳을 포인트 벽지로 마감하고 싶어 했고 도배상이 가져다 준 붉은 장미꽃 송이들이 가득 핀 벽지를 마다않고 벽에 발랐다. 때로 어머니는 기발하고 과감했다. 나이 든 사람의 아파트치고는 너무도 발랄한 선택에 친척들은 모두 어머니답다고 칭찬을 한마디씩 했었다.

며칠 전 휠체어를 탄 어머니의 몸무게를 달아 보았다. 어머니의 몸은 이전보다 15킬로그램이 빠져 버렸다. 어쩌면 어머니 속에 들어 있던 이야기가 빠져나간 무게일지도 모른다. 15킬로그램 분의 이야기들. 어디에 그 빠져나간 이야기들이 들어 있을까? 어머니가 두고 온 시간의 이야기들이 바로 그 가방들 속에 들어 있을 것 같았다.

여기저기서 꺼내온 일곱 개의 가방은 조금씩 낡고 빛이 바래져 있었다. 그리고 모든 가방에는 시간을 되돌리는 열쇠가 있었다. 이 가방들이라면 기억을 잃어버린 어머니에게 기억을 일깨울 수 있지 않을까? 어머니의 악어가죽 가방은 약간은 붉고 엷은 커피 빛이 도는 태국산으로, 한가운데 악어의 등껍질 돌기가 그대로 남아 있다. 손질은 그런 대로 잘 되어 있었다. 나는 가방의 손잡이를 쥐고 거울 앞에 서 보았다. 이십 년 넘게 사용한 악어 가방은 어머니가 모임을 가고는 할 때 마지막에 레이스 장갑과 함께 선택하던 것이었다. 아버지의 선물 중에서 가장 마음에 들어 하던 것이었다. 어머니는 그 가방을 들고 나갈 때면 구두까지 색을 맞추어 신었다. 하지만 어머니가 가는 그 모임은 대개 새댁 시절부터 익히 알던 아줌마들의 계모임이었는데 어머니는 그 모임의 마지막이 늘 화투치는 것으로 끝나는 것을 아쉬워했다. 오래전 한 번 어머니가 그 악어 가방을 들고 어딘가에 다녀오는데 버스정류장 어디선가 어떤 낯선 중년의 남자가 말을 건넸다고 했다. 그는 어머니를 보며 어느 여학교 선생님이 아니냐며 물었다고 했다. 집으로 돌아온 어머니는 약간 흥분하며 거울 앞에서 이리저리 포즈를 취하며 내게 물었다.

"내 얼굴이 정말 여학교 선생님처럼 보이냐?"

어머니는 그 후 아주 얇은 책 한 권씩을 읽다가 외출을 할 때면 꼭 그 악어 가방에 넣고 다녔다. 외출에서 돌아온 악어가죽 가방은 늘 붉은 천에 싸여 장롱 깊숙이 놓여졌다.

어머니는 고등학교를 마치지 못했다. 어머니는 두고두고 그때의 아쉬움을 얘기했다. 그리고 여학교 선생님이 어떻게 생겨야 하는지에 대한 표준치의 얼굴이 있었다면 내가 구해다 드릴 수도 있을 만큼 어머니는 여학교 선생님을 동경했다. 그러므로 나와 내 동생이 학교에 다니는 동안 어머니의 학교에 대한 열성과 봉사는 대단했다. 어머니는 학교 어머니 합창단에 들었고 어머니회 임원이 되었다. 가정방문이 있는 날에는 선생님을 맞이하느라 대청소를 하고 꽃병에 꽃을 꽂고 홍차를 끓였다. 솜씨네 방에 여기저기 실밥을 머리에 얹은 채 무섭게 달려가듯 재봉틀을 돌리던 어머니의 또 다른 모습이었다. 오래전 친구들이 들고 다니는 여학교의 책가방이 부러워 아침이면 밖을 내다보지 않았던 갈래머리 어머니가 보인다. 오십 년 전의 여자애들이 남동생을 위해 포기해야 하는 미덕은 밥상 위의 고기반찬뿐 아니라 학교였기에 늘 어머니는 학교 얘기 끝에 입맛을 쩝 다셨다. 어쩌면 책가방 속에 수학책이며 영어 문법

책을 채워 넣는 대신 어머니는 많은 이야기로 가방 속을 채웠는지 모른다. 그래서일까 내가 공부를 곧잘 하거나 문예상을 받아오고는 할 때마다 어머니는 좋아하면서도 '내 그럴 줄 알았다'고 짐짓 놀라지 않은 척했다.

"누구나 태어날 때 가방을 하나 가지고 오지. 자기가 태어날 때 가지고 온 가방에 뭐가 들었는지 아는 사람이 세상 떠날 때도 마음이 편한 거다."

어머니 머리 위에 하얀 실밥 하나가 흔들리고 있었다. 어머니는 재봉틀 위에서 막 이어붙이는 내 보조가방의 솔기를 찬찬히 살피고 다시 박음질했다.

"그럼 내가 세상에 태어날 때 가져온 가방은 뭐야?"

"그런 건 네가 알아내야지. 제 속에 있는 걸 누가 알아?"

처음으로 어머니가 만들어 주는 내 가방에는 작은 물고기가 박음질되어 예뻤다.

"너를 가지고 텔레비전을 보고 있으니 네가 보이더라. 뱃속에 태를 감고 있는 아이처럼 긴 은색 가방에 달린 줄을 매고 있는 우주인이. 난 하나도 놀라지 않았어. 어쩐지 달 위에 있는 우주인이 바로 너라고 생각했거든. 그 이야기를 꼭 해주려고 너를 낳았지."

내가 세상에 가지고 온 가방이 무엇일까? 때때로 나는 영문도 모른 채 그 상상 속에 빠져들었다. 은색 가방을 매고 손을 흔들며 우주 공간을 떠다니는 나의 모습이 보인다. 그러다 그 우주인은 어머니의 모습으로 변하고 어머니가 매고 있는 가방이 열리면서 마술처럼 종이가 뿌려지며 점점 커지는 모습. 어머니가 말한 신기한 우주인의 이야기는 늘 내 머릿속에 씨앗처럼 자라고 있었다.

구슬로 꿰어진 가방이 유행할 때가 있었다. 자디잔 금속 구슬로 겉피를 장식한 가방은 메탈이라고도 불리며 어머니 친구들이 서로 자랑하고 다니던 것이었다. 어머니도 구슬 가방이 갖고 싶었을 것이다. 만지면 차가운 감촉과 함께 차랑차랑 소리가 날 듯한 자줏빛 가방을 어머니는 한눈에 딱 보고 찾아냈다고 했다. 남동생이 대학에서 장학금을 받았을 때 동생은 어머니에게 뭐가 가지고 싶냐고 물었다.

"난 찰찰한 가방이 좋아."

그때 어머니는 직접 시장에 가서 한나절 가방 가게를 돌아다녔다. 어머니가 익히 봐둔 유명 브랜드의 스타일을 그대로 본뜬 자줏빛 구슬 가방을 한눈에 점찍어 샀다. 어머니는 값을 치르는 내내 아들이 서울의 유수한 대학에서 얼마나 공부를 잘하는지, 제 어미를 얼마나 생각하는지 상인에게 말했다. 어머니는 이후 시장에 갈 때도 병원에 갈 때도 그 가방을 들었고 친구들 모임에 갈 때도 잊지 않았다. 동생은 어머니에게 직장을 잡으면 더 좋은 것으로 선물하겠다고 약속을 했었다. 그 가방은 아주 오랫동안 어머니의 애장품이 되었고 구슬이 축 처져서 더 이상 가지고 다니기 어려워진 뒤에도 어머니는 부드러운 천으로 감싸서 장롱 속에 넣어 두었다. 그러나 이제는 어머니의 악어 가방처럼 그 자주색 가방도 이제 더 이상 어머니의 손에 들려지지 않을 것이다.

어머니가 뇌출혈로 쓰러졌을 때 나는 모든 것이 어머니가 지어 낸 장난 같기만 했다. 집안의 목욕탕에 들어가 순식간에 축 처진 몸으로 의식을 잃었을 때 나는 이렇게 사태가 이어질 줄 몰랐다. 세 번의 뇌수술을 하고 어머니는 중환자실에서 두 달을 보내다가 병실로 옮겨졌다. 뇌출혈은 이미 어머니의 머리를 휘저어 놓아 버렸다. 이야기를 지어내고 농담과 재치로 사람들을 불러 모으던 어머니의 입은 멍하니 벌어져 뱉어 내지 못하고 삼킬 수도 없는 가래로 들끓고 가득 차 버렸다.

어머니의 가방 속에 들어 있는 통장을 찾아야 했다. 간병비를 지불하고 의료기를 사려면 어머니가 관리하고 있는 우리 형제들이 모은 가족통장이 필요했고, 아파트의 관리비며 자동 이체되는 은행 업무도 통장을 찾아야 해결되는 것이었다. 입원 절차를 마치고 기저귀와 수건, 수액 조절기와 물티슈를 사다 놓고, 나는 어머니의 집으로 가서 커다란 가방에 어머니의 물건들을 집어넣기 시작했다. 양말과 어머니의 핸드폰, 친척들에게 연락할 전화번호부와 가지고 다니던 수첩과 염주와 불경 책 등이었다. 하지만 중환자실에 있는 동안은 그것도 필요하지 않았다. 그때 어머니에게 필요한 것은 기저귀와 소변 팩과 위로 연결된 튜브와 주사기뿐이었다.

예금통장은 어머니의 화장품을 넣어 두거나 목욕용품을 넣어 두던 비닐 손가방에 있었다. 분홍색 머리 감는 롤과 가발을 달 수 있도록 핀이 들어 있는 가방 속 구석에 어머니는 던지듯 통장을 넣어 두었다. 어머니는 아주 중요한 것일수록 허술하게 두는 성향이 있었다. 그건 도둑이 집에 들었을 때 가장 귀중한 것을 장롱 속에서 찾아내니, 중요한 것일수록 그냥 양말통 속에 쿡 처박아 도둑을 속여야 한다는 생각이었다. 누구의 속임수에도 넘어가지 않을 듯 재바르게 처신하던 어머니는 자신의 병에서는 벗어날 수 없었다. 살아오면서 소소한 속임수에 속지 않을 수 있는 사람이 얼마나 될 것인가? 통장 안에는 내가 생각한 것보다 훨씬 적은 액수의 돈이 들어 있었다. 한때 어머니의 가방 속에는 꽤 많은 예금통장과 적금통장이 있었다. 아버지가 외국에서 배를 타고 나가 벌어오는 달러를 환전하고 올 때면 어머니는 곧 이층집을 살 수도 있을 거라고 내게 낮게 속삭였다. 어머니는 알뜰하게 적금을 부었고 솜씨네 방에서 재봉틀을 돌려 예금을 늘려 나갔기에 은행의 특별 고객이 되어 있었다. 은행에서 돌아올 때 어머니는 특별 고객으로 누린 커피 한 잔의 접대를 잊지 못했다. 그때 어머니의 가방은 세상의 어떤 난관이 와도 헤쳐 나갈 수 있을 만큼 든든했으리라. 어머니는 아버지 모르게 친정 식구들의 뒷돈을 대어 주기도 했고 가장 비싸다는 피아노를 사는 사치를 부리기도 했다. 딸에게 피아노를 가르치고 있다는 자부심이 어머니를 지탱해 나갔다. 피아노는 처음 거실에 놓였다가 비가 새는 바람에 좁은 안방으로 옮겨졌다. 이후로 어머니는 힘들고 지친다고 생각들 때는 한 번씩 피아노 앞에 앉아 내게 '고향의 봄'을 쳐 달라고 했다. 가족들끼리 피아노 앞에 모여 '즐거운 나의 집'이나 '아름답고 푸른 도나우 강'이란 노래를 부르고 있으면 정말 우리 집이 세상에 둘도 없이 즐거운 집인 듯 여겨졌다.

··

어머니의 몸은 침대에 고정된 채 한없이 먼 곳을 헤매고 있다. 어머니의 머릿속에는 기억들이 굳어 있다가 아주 잠깐씩 솟구쳐 오를 뿐이다. 어머니가 살아온 모든 것이 농담 같고 거짓말 같다면 어머니는 화를 낼까? 어머니는 어쩌면 인생이 농담 같고 살아온 모든 날들은 거짓이라는 것을 진짜 보여 주는 듯 아무런 말도 하지 않는 것일 게다.

가래를 빼고 오물처리실로 통을 씻으러 나갔다. 어느새 저녁이 오고 따뜻한 국 냄새를 풍기며 조리사들이 배식을 하고 있었다. 오늘 하루 또 이렇게 지나면 어떻게든 내일이 올 것이다. 내일 딸의 학교 참여수업에서는 무엇을 얘기할 것인가? 자기가 태어날 때 가지고 온 가방에 대해 생각해 보자고 하면 아이들이 뭐라 할까? 내일 간병사가 오면 침대 시트를 갈아 달라고 하고 방향제의 향을 바꾸자고 말해야겠다. 병실의 이 방 저 방에서 일제히 숟가락을 들어 밥 먹는 소리가 들린다. 병실마다 빽빽이 불편한 자들이 누워 있는 이곳. 마치 닿을 수 없는 심연에 빠진 듯 둥둥 떠다니며, 우주 속으로 멀어지지 않기 위해 은색 끈을 가지고 몸을 단단히 매고 있는 우주정거장 같다. 어둠이 내리는 병원의 저녁은 아무리 보아도 낯설고도 쓸쓸하다. 농담을 할 수 없는 환자를 가진 보호자는 더욱 쓸쓸하다.

어린 시절 어머니가 내게 들려주던 신기한 이야기는 늘 이렇게 끝이 났다. 우주복을 입은 우주인의 등에는 무엇인가 들어 있는 가방이 있고 우주인은 그 가방에서 긴 끈을 늘어뜨리고 우주 밖으로 뻗어나간다. 그러고는 영원히 손닿지 않을 곳으로 떠돌아다닌다. 나는 소리 내어 울고 어머니는 놀래켜 준 것이 미안한 듯 그랬다.

"말이 그렇다는 거지, 내가 어디 멀리 가나?"

파이프

네가 왔다 갔다. 벽에 생겨난 자디잔 뿌리털 같은 금이 그걸 말한다. 내 방 벽에 보이지 않던 새로운 금이 생겨나고 비어 있던 방 안에서 네가 마시다 둔 검은 콜롬비아 커피 냄새가 다르다. 네가 왔다 가면 느껴지는 변화. 찬찬히 따지고 보면 네가 있는 곳과 달리 이곳은 네가 보이지 않는 세상이니까, 이렇게 흔적만 남는 게 옳은 이치일 거다.

　아무래도 너는 전셋집을 찾고 있는 게 분명했다. 작고도 아늑한 곳. 모든 울림이 정적으로 가라앉는 곳. 자정 넘어 텅 빈 장산역의 한가운데 같은 곳. 그리고 아주 가느다란 물소리가 들려오는 파이프가 벽 틈으로 가득한 곳. 그런 곳을 너는 찾고 있다. 보증금 천만 원에 월세 칠십오만 원이면 비어 있는 나의 아파트에 머물 수 있다고 말해 주었다.

"너무 비싸."

"이만 원은 깎아 줄 수 있어. 그 이하는 안 돼."

나는 이 아파트가 지하철역에서 가까워 얼마나 편한지 말해 주었다. 가끔 급하게 택시를 타면 한 달 평균 오만 원 이상 장난 아니게 들 수도 있지만 여기서는 택시 값만 절약해도 그게 어디냐고, 그러므로 역세권 아파트의 월세가 그다지 비싼 값이 아니라는 것도 말해 주었다. 네가 더 잘 알 것이다. 집을 알아봐 준다는 게 얼마나 힘들고 시간이 오래 걸리는 일인지. 더구나 부엌은 가스 테이블이 일체형으로 붙어 있고 싱크대는 진줏빛 펄의 하이그로시 제품이고 벽지는 하얀 눈처럼 새로 도배가 되었다. 화장실이 올수리된 건 아니지만, 그래도 일 년 전 세면대 타일을 푸른빛 도는 새것으로 바꾸었고 양변기의 시트도 새로 갈았다. 얼마 전 세입자가 이사를 가고 난 이후, 두 달이 넘도록 새 세입자가 나타나지 않았다. 그 집은 내가 유산으로 물려받은 어머니의 집이었다. 아쉬운 대로 내게는 쏠쏠한 수입처이었기에 세입자가 빨리 들어오기를 기다리고 있었다.

너는 대뜸 나를 찾아와 집을 알아봐 달라 말했다. 한 달 전이었다. 너는 꼭 세상을 떠난 지 일 년 만에 다시 날 찾아왔다.

"집을 좀 구해 줘. 내게 맞는 아늑하고 조용한 집. 그리고 값이 적당한 곳 말이야."

너는 내 곁에 조심스레 앉았다. 앉기 전에 의자를 유심히 살폈다. 역시 너는 귀신이구나. 내 방 의자를 알아보고 말았으니. 의자는 조금 삐거덕거리며 약간 부서져 있었다. 누가 두들겨서 부수어 놓은 것이 아니라 시간과 함께 의자의 연결 부분들이 엉성해져 의자의 다리들이 제각각 흔들렸다. 고치기도 했지만 한번 잘못 앉으면 폭삭 무너질 게 뻔했다.

너는 아주 조금만 의자에 엉덩이를 걸쳤다. 다소곳이 모은 너의 발에는 연둣빛 양말이 신겨져 있었다. 너는 죽고 난 뒤에 오히려 색에 아주 민감한 패셔니스트가 된 듯 보였다. 자세히 보니 그 연둣빛 양말은 아주 오래전 내가 선물한 것 같기도 했다.

내 책상 위에 올려진 책들과 자료들을 너는 본 척 만 척하고 나의 얼굴을 빤히 쳐다보았다. 나는 심리 상담에 관한 글을 쓰고 있었고 내 책상 위는 누가 책들을 뒤집어 놓아도 알아채지 못할 정도로 어지러웠다. 그 표정은 내게 하고 싶은 말이 많다는 뜻이다. 너는 무슨 말인가 하고 싶구나. 너는 다시 속삭이고 싶고 내게 던지고 싶은 농담이 많다는 게 분명했다. 말이 그리웠을 것이라고 내심 짐작했다. 너는 다시 이곳으로 나타났으니 말이다.

어디선가 잠깐 비상벨이 울렸던 것도 같다. 원룸 안에서 나는 분명 너를 만나고 너의 이야기를 듣고 있지만 창밖으로 보이는 풍경은 깊은 밤이 아닌 지나치게 고요한 한낮이다.

"양말에 머리카락 묻어 버리면 곤란해."

나는 처음 너의 모습을 보고 헉 하고 놀랐다. 너는 이야기 속의 삽화처럼 책장을 넘기면 어디서나 나타나는 그 모습으로 내 곁에 왔다. 그리고 그저 네가 앉은 의자 주변에 엄청 신경을 많이 썼다.

죽고 난 뒤면 머리카락이 빠지지 않는 걸까? 한때 성글었고 흰머리가 나 있던 네 머리칼이 염색이라도 한 건지 보랏빛으로 더 윤기가 나 보였다. 나는 하마터면 '너, 더 좋아졌어, 죽고 나니.'라고 말할 뻔했다. 네가 의자에 앉아 발을 다소곳이 모은 모습을 보니 마치 이십 년 전 친구들과 함께 여행을 갔을 때가 떠올랐다. 그때도 이렇게 연두색 양말이었다. 너는 발을 이렇게 모으고 사진을 찍었었다. 너도 아마 그때가 떠올라 이렇게 나타났는지 모른다.

네가 여기 나타난 것을 안 순간, 네가 이렇게 연둣빛 양말을 신고 내 곁에 와 있어도 되는 건지 묻고 싶었지만 그냥 참았다. 그런 질문은 네게 좋지 않을 것이고 대답하기 어려울 게 뻔했으니까. 그저 아 참 그 양말 오래도 간직하고 신는구나 싶었다.

예전에 너는 아주 신중한 사람으로, 물건을 고를 때는 오랜 시간을 두고 조심스레 골랐다. 오래전 함께 시장에 갔을 때 양파 한 망을 사는데도 다른 것과 꼼꼼히 비교하는 너를 보았다. 붉은 망 속에 꽁꽁 싸매진 양파를 일일이 손가락으로 눌러 보고 냄새를 맡아 보고 썩었는지 아닌지 살펴보았다. 얇은 메리야스 속옷 하나도 그냥 지나치지 않았다. 너의 꼼꼼함은 살아가며 점차 주도면밀함으로 바뀌었기에 네가 하는 모든 일에 나는 그저 감탄했다. 너는 결혼 후 남편의 직장 상사 부인에게 인사를 하러 다녔고, 넓은 평수의 아파트를 구입했다가 되팔기도 하면서 여러 번 이사를 다녔다. 명절이면 남편의 회사 경리과에서 보내온 선물을 모았다가 너희 친정 식구들에게 적절히 배분하거나 제사에 쓸 생선을 미리 손질해 동서에게 택배로 부치기도 했다. 마치 궤도를 따라가는 계절의 별자리처럼 삶의 운행이 매끄러웠다. 너는 어쩌면 주부 생활의 달인이라도 되어야겠다고 결심을 한 것처럼 열성을 부렸다.

그렇지, 너는 결혼한 지 십 년도 되기 전에 경매로 산 넓은 아파트로 이사 가서 남편 회사 직원들을 모아 집들이라는 것도 했었다. 출장 뷔페 요리사들이 분주히 움직이고 너는 전복과 자연산 굴 옆에 와인을 내었다. 나는 그때 너의 집 발코니에서 와인 빛깔보다 더 붉게 웃던 너의 얼굴을 훔쳐보았다. 너의 남편과 어린 두 딸들과 집안 가득한 웃음을.

인생이 그렇듯, 우리는 함께 공부하고 졸업했지만 나아가는 길이 서로 달랐다. 하지만 단짝이었던 우리는 때때로 서로에게 안부를 묻고 제대로 살고 있는지 가늠하기도 했다. 하지만 너는 늘 앞서 달리는 테마공원의 꽃마차처럼 가득한 인파 속으로 사라지고는 했다. 그러던 네가 이렇게 허술한 내게 와서 너의 집을 구해 달라고 한다. 어떻게 내가 무슨 수로? 아무리 내가 너의 가장 절친한 친구였다고 해도 이렇게 갑자기 나타나서 집을 찾아달라고 하니 엄두가 나지 않는다.

너는 예전과 크게 달라지지 않은 모습이었다. 얼굴이며 이마의 살짝 그어진 주름살이며 높고 시원한 콧대. 약간 솜씨 없이 그려진 눈썹 라인과 연한 분홍빛의 틴트. 네가 즐겨 입던 회색 바지와 흰 셔츠 차림이었고 너는 여전히 바쁘게 살고 있는 모습 그대로였다. 눈에 띄는 연두색 양말을 빼고는 너와 마지막 만났던 일 년 전 그 모습 그대로다. 나는 네게 아무것도 묻지 않았다. 내가 너의 삶으로의 귀환을 묻는다면 갑자기 생각난 듯 등을 돌려 저곳으로 가버릴지 모르기 때문이다. 하지만 하루 이틀도 아니고 한 달 내내 내게 나타난 너는 점차 너무 많은 것을 원하고 있는 것이다.

장산역 부근 79평방미터 면적의 아파트에 월세로 들어가 사는 게 꽤나 힘든 일이라는 걸 너는 모르는 걸까? 그런데 너는 집과 물건과 그리고 이전의 삶에서 누리지 못한 또 다른 옵션을 요구하고 있는 것이다.

네가 보낸 수많은 편지를 나는 아직도 가지고 있었다. 그러니까 지난 삼십 년에 가까운 너의 삶의 궤적이 고스란히 문장으로 남겨진 셈이다. 오래전 너는 한산도 여행 중 고즈넉한 풍경을 몇 줄 적은 엽서를 보내기도 했고, 비 오는 날 옷장 서랍을 열고 하릴없이 시간을 죽이며 옷 정리를 했다는 편지를 보내기도 했다. 아마 그 모든 글들이 이메일로 보내졌다면 이미 그 이야기들은 허공에 사라졌을 수도 있었다. 그러니 너는 내가 간직한 저 서랍 속 네 삶의 이야기와 무거울 것 없는 시간의 냄새를 찾아 여기로 왔으리라.

냄새. 그러고 보니 네가 냄새와 소리에 더욱 예민해진 것은 어떻게 설명해야 하겠니? 오징어나 마른 문어, 꼴뚜기 같은 바닷가 소금기 절인 해산물의 냄새에 유독 민감하던 너는 이제 제법 오래된 책이나 종이에서 나는 냄새에 예민해진 느낌이다. 너는 바닷가 소금기 배인 냄새를 사실 좋아했었다. 바닷바람만 불어오면 뱃속 깊이 숨이 들어차고 가슴이 뚫린다고 했다. 그렇지, 너는 본래 섬에서 자라난 섬의 야생풀 같은 아이였으니.

내 곁에 빙빙 돌면서 조용하고 냄새 없고 전망 좋은 아파트를 골라 달라고 했을 때 나는 너를 그냥 떨쳐버릴 생각이었다. 냄새 없는 곳이라니. 사람이 사는 곳에 냄새 없는 곳이 어디 있어? 어디라도 하수구 냄새부터 냉장고 속 냄새며 가구나 이불이 오래되어 풍기는 냄새, 집안의 벽지와 벽장의 물건들이 풍기는 냄새는 존재한다. 신발장에 그득한 땀이 밴 오래된 구두와 운동화들이 풍기는 냄새. 모두 한 덩어리로 어우러져 그 집의 냄새가 되는 것이다. 그런데 냄새가 없는 집을 찾아 달라고 했다. 무미 무취의 집. 그곳은 세상 어디에도 없을 것이다. 그러니 나는 그냥 찾아 주는 시늉만 하다가 네가 사라지기만을 바랄 수밖에 없었다.

무취. 죽고 난 뒤 어떻게 해서 네가 그 무취의 맛에 길들여졌는지 모르겠다. 오래전 네가 아르바이트로 용돈을 벌어 처음으로 네 남자친구의 통가죽 지갑을 고를 때 얼마나 오랫동안 미화당백화점을 빙빙 돌았는지 이십 년이 지나도 떠올릴 수 있다. 가죽의 색을 보고 냄새를 맡고 다음에는 크기를 재고 가격을 흥정하느라 몇 군데를 돌아다녔던가? 서너 시간이 족히 지나 네가 고른 그 지갑은 네 남자친구였던, 이후 너의 남편이 된 그에게 주는 첫 선물이었다. 네가 좋은 것을 주기 위해 얼마나 노력했는지 네 남편은 알았을까? 네가 고른 인생의 기쁨이란 게 아주 긴 망설임과 조바심 끝에 얻는 찰나 같은 만족감이라는 것을 알고 나는 네가 너무 고달프게 살지 않을까 생각했다. 손끝에 맡아지는 통가죽 냄새가 지금도 비릿하다. 그런 네가 무취의 아파트를 골라 달라고 한다. 이승과 저승이 다르기도 하구나 싶었다.

집을 고를 때는 먼저 주변의 교통 사정이 좋아야 한다고 말한 이는 너였다. '물건이 되려면 뭐든지 먼저 그 배경이 중요하지. 어디에 놓여 있는지 말이야.'라고. 그러고 보니 지하철역이나 상가 도로에 인접한 건물이 인기가 있는 것은 모두 쉽게 떠날 수 있고 돌아올 수 있기 때문이다. 쉽게 떠나고 돌아올 수 있다는 점에서 너만큼 자유로운 존재가 어디 있을까?

"아니, 상가 쪽 말고 조용하고 고요하고 냄새가 나지 않는 집. 그리고 벽 속에 가득 찬 파이프에서 물소리를 들을 수 있으면 돼. 찾을 수 있겠지?"

얌전히 모은 연둣빛 양말이 어떤 인상을 떠오르게 했다. 너는 아마 발이 몹시 시렸던 그때를 재현하는지도 모른다. 너의 두 발이 상처투성이가 되어 돌아온 밤. 네가 내게 편지로 도저히 기억나지 않는 어떤 사건에 대해서 밀봉하겠다는 마음을 적어둔 그 일들.

나는 가능할 거라고 대답하지는 않았다. 마음에 맞는 집을 빠른 시간에 찾는다는 것도 어렵지만, 네가 나와 가까이 살아가면서 가끔 만나지고 부딪히는 일이 괜찮은지 알 수 없었기 때문이다. 이곳에 살게 된다면 너는 내가 사는 이 근방에서 커피를 마시고 산책로를 걷고 서점을 들락거릴 것이다. 상가 일층의 '캣츠 네일' 샵에 출입하고 아로마 향이 그득한 '방초' 샵에서 수면에 도움을 주는 허브 향초와 쪽풀이 들어간 천연비누를 사기도 할 것이다. 어쩌면 세계 맥주 전문점에서 늦은 밤 나와 마주앉아 호가든 맥주를 마시자고도 할 거다.

그럴 것이다. 너는 이제 새로 이곳에 집을 마련하면 죽기 전과 다르게 살 거라고 했다. 말이 될까 싶기도 하지만 너는 분명 '다르게, 영원히 행복하게'라고 말했다. 어쩐지 너에게는 '영원히'라는 말이 맞을 듯했다. 너의 하루는 나와 다르게 영원할 수 있으리라 생각이 들었다.

이 년 전까지 너는 꽤 유능한 부동산 공인중개사였다. 너는 이곳이 아닌 김해 신도시에서 일했었다. 한 달에 여러 건의 매매 계약을 성사시켰던 중개업 소장이었다. 너는 황옥으로 만든 커다란 도장을 보여주었다. 행운을 부른다는 도장에 초서체로 조각된 네 이름이 들어 있었다. 처음 일을 시작하던 십 년 전, 너의 남편은 너에게 친절하게 운전연수를 시켜 주고 업무에 도움이 되도록 검은 소나타 자동차를 사 주었다. 그 즈음 너는 더 이상 내게 편지를 쓰지 않았고 짧은 전화로 한 번씩 네 소식을 알려 왔다. 매일 아침 부동산 사무실의 유리창을 닦으며 전세와 매매에 관한 급매물 자료를 올리는 너를 떠올렸다. 한때 밀려드는 신축 아파트의 매매 계약과 상담으로 점심을 거른 날도 있다고 했다. 하지만 나는 그때 정말로 네가 공인중개사로 일했는지 알지 못했다. 우리는 늘 전화로만 서로의 이야기를 했을 뿐이다. 너와 나는 그때 멀리 떨어져 살고 있었다. 단지 물리적 거리뿐 아니라 마음의 거리까지도 조금 멀어 있었다. 나는 그때 허름한 상가의 지하 일층 구석, 작은 인쇄소에서 일하며 함께 벌여 놓은 심리학 상담 수업 때문에 정신없던 때였다. 인근 사무실의 자주 바뀌는 직원의 명함이나 전단지를 만들며 겨우 지내던 그때.

"아이쿠 돈을 그렇게 잘 벌었으면 이렇게 살았을까? 돈이라는 게 늘 그렇게 막 들어오나? 잘 될 때는 친구들에게 전화도 하고 만나기도 하지만 일 안 될 때는 잠도 못 자고 한두 달 애들 학원비며 생활비까지 빌려 쓰고 그렇지."

너의 시댁 동서라는 사람이 말했다. 일 년 전 너의 장례식 자리에서였다. 너의 무덤 흙이 도도록하니 쌓이고 너의 영정 사진이 그 어떤 사진보다 예쁘게 찍힌 것을 보면서 아마 모든 인생의 이야기는 참말과 거짓말 사이, 그냥 아이러니라고 말하기 위해서 존재하는지 모른다는 생각을 했었다.

너는 힘들었던 상처는 쏙 빼고 좋은 이야기만 했고 그리고 너의 시간을 접어 버렸다. 뇌혈종. 뇌혈관에 생기는 거대한 풍선이 아주 빠르게 너의 머릿속에 자리 잡았고 그것을 몰랐던 너는 내게 말했다. 김해를 떠나 이곳으로 이사를 온다면 지나간 시간의 주름을 펴고 싶다고. 다르게 살 거라고. 진짜 네가 좋아하는 일을 하면서 살 거라고 말했다.

말이 나와서 하는 말이지만 네가 다시 돌아올 리는 없는 것이니까. 그리고 더군다나 네 남편에게도 애들에게도 아니고 나에게 네가 올 리는 없었기에 장례식에서 네게 말했다.

"니가 죽더라도 내게 찰싹 붙어버려. 오래전에 산길을 함께 걸었듯이 너를 기다릴게."

네가 한 이야기들, 하루에 이리저리 다섯 번이나 집 안내를 하러 다녔고 팔 아프게 계약서에 도장을 찍었다는 얘기. 편지로 들려준 이야기가 아닌 전화 속에서 들려오는 너의 소식에서 나는 어떤 흐느낌도 잡아낼 수가 없었다. 그저 너의 집 발코니에서 본 붉은 와인만큼 너를 바라보았다. 달콤하고도 달콤할 것이라고. 잘 살고 있겠지. 네가 살고 싶었던 삶들은 어쩌면 좀 더 오래 살아 견뎠더라면 이루어질 수도 있었을 것이다. 네 장례식을 마치고 돌아온 날 나는 파이프를 떠올렸다.

나는 네게서 들었던 파이프 이야기가 새삼 떠올랐다. 막혀진 벽속에 숨어 있는 파이프. 그러고 보면 너는 좀 더 오래 살 수 있었을 것인데 어쩌면 사는 것에 지쳐 너를 스스로 돌보지 않은 것인지 모른다. 너의 몸과 네 몸 속의 파이프를 말이다.

너를 미술관에서 만났던 일 년 전, 네게 병이 발발하기 바로 전이었다. 김해에서의 일을 접고 너는 십 년 만에 다시 해운대로 이사를 왔다.

"할 일이 이제 없어졌어. 부동산 사무실을 정리했고, 마침 둘째 애도 대학에 들어갔고, 이제 힘들게 살고 싶지 않아."

너는 심심하다고 자주 전화를 해왔고, 그날 함께 미술관에서 만나기로 했다. 초겨울 이른 시각 미술관 입구에서 만난 너는 아주 오래된 얇은 모직코트를 입고 서 있었다. 어찌 해서 그렇게 오래되고 낡은 옷을 입고 왔을까? 유행이 지난 암갈색의 겨울 코트를 입은 너는 마치 야윈 몸을 커다랗고 낡은 자루에 넣고 있는 것만 같았다. 미술관의 로비에 홀로 서 있는 너는 그다지 춥지 않건만 코끝에 콧물이 맺힐 정도로 추위를 타고 있었다.

수수한 스탠딩 칼라에 둥근 단추가 세 개 달린 암갈색의 겨울 모직 코트와 낡은 손가방 하나. 너와 나는 그동안 멀리 떨어져 살았고 간혹 전화만 오고 갔었다. 만나지 못한 채 십 년이 흘렀다고 해도 네가 결코 그렇게 일부러 고른 듯 낡은 옷을 입고 나타날 거라고는 생각하지 못했다. 내가 알던 너는 멋쟁이였다. 회색 코르덴 바지에 붉은 점퍼를 입고 직접 짠 은색 머플러를 두 번 감아 너는 멋을 내기도 했다. 여름날 입었던 살굿빛 아사 원피스는 너를 요정처럼 보이게 했다. 그때 내가 네게 제대로 칭찬하지 않았던 것을 이제 와서 고백하기는 뭣하지만 너는 예뻤다. 그러나 낡은 코트를 입고 서 있는 너는 내가 알던 모습이 아니었다. 어쩌면 너는 스스로를 잊어버린 것 같았다.

그렇게 낡은 옷을 입을 수밖에 없다는 것은 네가 몹시 가난해졌다는 것을, 너의 남편이 오랫동안 실직을 했거나 경제적 어려움이 있다는 것을 의미할지도 모른다고 느꼈다. 우리는 십 년 동안 만나지 못했으니까. 전화로만 이런저런 이야기를 했다지만 어쩌면 모든 게 진실이 아닐지도 모른다고, 그 오래된 암갈색의 낡은 외투주머니가 말하고 있었다.

미술관 지하 벽면에 설치된 미술 작품인 PVC 파이프 앞에 우연히 다가가 서 있게 되었다. 너는 가끔 돌아서서 코를 풀었다. 살이

114

많이 빠졌을 뿐이라고 중얼거렸지만 너는 어깨도 많이 좁아지고 머리칼도 빠져 있었다. 벽면에 설치된 파이프들은 아파트 벽의 절개된 내부 같아 보였다. 너는 파이프에 귀를 갖다 대며 어떤 소리가 들리는지 의아해했다. 마치 들리는 소리라도 있는 듯 너는 고개를 끄덕였다. 아무런 제목도 없이 그냥 연결된 일직선의 파이프는 다시 곡선의 파이프에 의해 벽면에 어떤 구조물을 만들고 있었다. 파이프에 귀를 갖다 대며 너는 나를 불렀다.

"물소리가 들려. 아주 천천히 흘러가는 것처럼."

그때 너에게 물이 흘러 들어가는 소리가 정말 들렸는지 알 수 없다. 아마 너의 머릿속 조금씩 허물어져 가는 혈관이 네게 그런 소리를 들려줬는지 모를 일이었다. 파이프에서 눈을 떼지 않던 네가 어떤 여자 이야기를 했다.

"나를 볼 때마다 뭘 물어보던 여자가 있어. 내가 지난밤 수돗물을 틀었는지 말이야. 밤마다 물이 흘러가는 소리 때문에 그 여자는 몇 년째 잠을 잘 수 없다고."

네게는 오랜만의 외출이었다. 우리는 곧 있을 '미술의 사조'라는 제목의 강연을 기다리고 있었다.

"수맥 탓일지도 모르지. 예민한 사람은 고층 아파트에 살아도 물 흐르는 것을 몸으로 느끼지."

"아니 그 여자는 마치 나한테 꼭 들려줄 이야기가 있는 것처럼 말하고는 했어. 엘리베이터에서 만나기라도 하면 다짜고짜 내게 묻더라. 혹시 어젯밤에 물 흐르는 소리가 들리지 않았냐고"

누가 깊은 밤에 자신의 일상을 시시콜콜 말할 수 있을까? 그 여자는 도대체 무슨 얘기를 들으려고 한 걸까?

"얼마 전 나를 보면 말하더라. 밤이면 늘 자신의 귀에서 물 흐르는 소리가 들린다고. 벽 속에 수많은 파이프가 얽혀 있어서 그 속으로 수많은 소리가 들려온다고."

암갈색 낡은 겨울 외투를 입고도 너의 손은 찼다. 너의 눈빛이 순간 번쩍 빛나는 것 같았다. 번쩍 빛나는 눈빛을 빼고 난 나머지는 마치 외투를 걸친 부조리하고 야윈 설치물 같아서 나는 파이프 앞에 서 있는 너를 낯선 듯 바라보았다.

"나라면 마주치지 않고 피했을 거야. 그런 사람."

"어제도 마주쳐서 인사를 하니 내게 묻더라. 며칠 전 밤 열두시 넘어 우리 집에서 세탁기 돌리는 소리가 분명 났다구."

나는 너에게 그 여자가 시시때때로 집안을 엿보는 스토커 같다고 조심하라고 말했다.

"이십층 건물 속에서 어디서 물이 흐르는지 어떻게 가려내?"

"그렇지. 하지만 만약 아무런 소리도 들리지 않았다면 아마 여자는 더 우울했을 거야. 그 여자에게 파이프는, 아마도 파이프는 그냥 누군가에게 안부를 묻고 싶은 통로였는지도 몰라."

나는 너의 여윈 등을 토닥이며 말했다. 미술관에 설치된 파이프를 보며 마치 너는 꼭 만나야 할 뭔가를 본 듯한 늙은 여자를 떠올렸고 그 여자의 모습을 내게 여러 번 말했다. 그 여자는 아무도 대답하지 않는 엘리베이터 안에서 혼자 중얼거리는 모놀로그 증후군인지도 모른다. 지금 생각해 보면 네가 말한 그 여자가 정말 그곳에 살고 있는 사람이었는지 네가 파이프를 보고 갑자기 만들어 낸 사람인지 알 수 없다. 어쩌면 늙은 여자는 집안에서 하루 종일 혼자 지내며 잠이 들었다가 저녁나절 반찬거리를 사러 어두워진 상점가의 슈퍼마켓으로 종종걸음 치던 너의 또 다른 그림자가 아니었을까?

너는 그때 여름 이후 살이 빠지고 식욕이 없어지고 한낮에도 깊은 잠에 빠져 누군가가 깨워야만 일어날 수 있는 날이 있다고 했다. 그러고 보니 가끔 너는 내가 전화를 해도 거의 받지 않았었다. 깊은 잠. 너는 파이프 가득 물소리가 쿨렁거리는 잠 속에서 낯선 이들이 웅얼거리며 서로에게 연락하고 변기의 물을 내리고 세탁기를 돌리는 소리를 들었을 것이다.

가끔 제 속의 모든 것을 까발려 보여주는 일곱 살의 아이처럼 내 앞에서 웃음 짓는 너의 얼굴은 너무도 솔직한 표정으로 가득해져서 누구나 처음 보면 그 표정을 잊지 못할 것이다.

"아, 그런데 여기 오다가 오줌 지렸다."

미술관을 걷고 있는 동안 너는 약간 멍한 얼굴로 나를 바라보며 말했다.

"어쩌다가? 도대체 언제 요실금이 생긴 거야?"

미술관 로비의 의자에 앉아 내가 건네준 크루아상과 커피를 마시느라 입가에 묻은 빵 부스러기를 떼어내며 내게 속삭였다.

"괜찮아. 그냥 마르겠지. 지금 집에 돌아가지 않을 거야. 너무 일찍 돌아가면 그 늙은 여자를 또 만나게 되니까.”

어쩌지 못해 그냥 어깨를 안아 주었다. 너는 그때 좀 떨고 있었으니까. 하기는 오줌 냄새가 좀 나면 어때. 어차피 낡은 코트로 몸을 감쌌기에 그다지 냄새가 빠져 나오지 않을 거라고 나도 생각했다.

“난 하나도 궁금하지 않은데 그 파이프를 찾아다니는 여자가 내게 자꾸 물으니 나도 궁금해져. 내가 전날 누구를 만나고 누구와 얘기했는지.”

그때 어쩌면 네 몸 속에서 어떤 낡은 관 하나가 심어져 있고 그곳에서 아무도 모르게 너의 내부가 조금씩 빠져 나오고 있었던 게 아닐까 하는 생각이 잠시 스쳤다. 너의 머리칼은 마른 풀처럼 윤기가 사라졌다. 머리 뿌리 끝에서 흰 머리털이 무성하게 새로 자라나고 있는 것이 보였다.

강연이 시작되고 어둠 속에서, 나는 네가 무대 스크린의 불빛에 의지해 유심히 자료를 읽던 모습을 보았다. 너는 어둠 속에서 글자를 읽어 내려고 초조하게 머리를 갸웃거렸다. 불편해진 너의 몸. 여름 이후 아픈 오른쪽 어깨와 감각을 잃은 너의 손. 강연이 시작되기 전 참석자 명단에 너의 이름을 써야 하는데도 너는 글자를 제대로 쓸 수 없었다. 잠시 놀란 표정으로 너는 손을 암갈색 코트 주머니에 넣었다. 그럼에도 어둠 속에서 고개를 끄덕이며 뭔가를 읽어내려던 너의 모습. 오래전 욕지도의 산등성이를 넘어가면서 보았던 네 몸에서 피어 오르던 그 밝은 불빛이 사라졌다는 것을 안타깝게도 나는 보고 말았다.

그랬었다. 너는 한겨울 어두운 산길을 불빛도 없이 그냥 걸어 넘자고 했다. '날 따라와. 무서워하지 마. 금방 이 산을 넘어갈 테니. 너는 그냥 내 등에 찰싹 붙어 따라오기만 하면 돼.'

대학 입학 시험을 치르고 난 어느 날, 네가 섬으로 여행을 가자는 말에 나는 무조건 따라 나섰다. 통영에서 출항한 신성호가 욕지도에 닿을 때까지 그날 풍랑이 심했다. 파도에 고생한 나는 배 밑바닥에서 내내 납작 엎드려 쩔쩔매고 있었다. 어둠이 내린 선착장에 도착하자 이내 바람이 거세게 달려왔다. 너는 나를 이끌고 산길로 가는 빠른 길을 선택했다. 선착장에서 너의 외갓집으로 가는 마을버스는 끊겼는지 아니면 아예 있지도 않은지 알 수 없다. 뭐라고 말하지도 말고 투정부리지도 말고 그저 길 위를 걸어가는 것. 네가 선택한 두려움을 쫓는 방법이었다. 그때 너는 내게는 보이지 않는 불빛을 머릿속에 그리며 네가 어릴 때 염소를 몰며 다닌 적 있던 산길을 따라 잽싸게 걸었다.

깊은 밤, 섬마을의 산길을 지나 외갓집을 찾아가는 너는 재빠른 몸놀림으로 산을 타고 있었다. 너무나 어두워서 우리가 숲속 어디를 헤매는지 알 수 없었기에 나는 너의 운동화 뒤축만 보며 뒤따라 걸었다. 슬쩍 나를 뒤돌아보며 걱정 말라고 하던 그 목소리가 꿈속인 듯했다. 나의 검은 코르덴바지가 걷는 속도에 따라 힘껏 부딪혀서 바지의 골과 골이 밀착되면서 소리를 냈다. 오직 그 소리만이 어둠 속에 온기처럼 떠 있는 듯했다. 네가 입었던 회색 코르덴바지에서도 '슥슥' 소리가 들렸다. 마른 풀이 서로 몸을 비비며 불을 피울 듯 집요하게 마찰하는 소리 같았다. 조금만 더, 조금만 더. 지금도 나는 가끔 꿈속에서 그 소리를 들었다. 너무도 오래되었지만 지금 나는 그 소리를 너의 기억 속에 다시 흘러 넣어 주고 싶다. 네가 돌담길 돌아 불빛이 비치던 외갓집 마당으로 뛰어들며 할머니를 부르던 그때. 너는 갑자기 꼬꾸라졌고 네 몸은 떨리고 있었다. 아주 오랜 시간이 지난 뒤에 너는 내게 말했다.

"네가 내 뒤에서 모닥불을 피우고 있는 것 같았거든. 나도 그 산길이 무서웠는데 네가 있어서 걸었어. 불씨를 비비고 있는 것 같았거든."

그것은 허둥대면서도 길을 잃지 않으려 했던 너와 나의 코르덴바지가 내는 소리였다.

이후 네가 이른 결혼을 해서 친정을 떠났을 때 나는 네가 남편과 함께 저녁을 먹고 산책을 나갔다는 태종대의 자갈마당을, 네가 남편과 함께 빳빳한 요에 누워 두 사람이 결혼한 기념으로 구입한 파키라 화분에 특별한 이름을 지어주었다거나, 홍합을 가득 삶아 먹고 저녁을 보냈다는 내용이 적힌 편지를 무척 질투에 찬 마음으로 읽었음을 고백한다. 한밤 내내 화분을 떠올렸다. '희정'이라는 네 이름이 붙은 그 화분을.

"그런데 이상하지. 그 파이프에서 물소리가 들린다는 여자를 만나고 나면 나도 한 번씩 깊은 밤에 벽 속에서 들린다는 물소리를 들으려고 잠을 깬다니까. 그게 벌써 몇 달이 다되어 가."

네가 기다린 것은 그 파이프 속을 흐르는 물소리였나? 아니면 누군가와의 통신이었나? 너는 십 년 동안 가정의 생계를 책임졌었고 네가 종종걸음 치는 만큼 네 남편의 사업은 수차례 고비를 겪었다. 하지만 너는 그 십 년 동안 전화로 한 번도 네 남편과의 불편한 이야기를 하지 않았다.

미술관에 다녀온 이후 너는 진단을 받았다. 급성 뇌혈관 부종이었다. 병원에서 네 남편이 보내온 사진 속에 너는 마치 긴 휴식을 위해 휴양을 떠난 왕비처럼 말끔한 얼굴로 잠이 들었다. 나는 너의 머릿속을 가로질러 가는 무수한 파이프를 떠올렸다. 파이프 속으로 말들이 떠다니고 기억들이 내밀한 공간을 건너가며 번갯불처럼 번쩍이다가 조각조각 사라져 버린 것을. 어쩌면 네가 말한 그 파이프의 물소리를 듣는 낯선 여자는 바로 너의 모습 아니었을까?

김해에서 살았던 십 년 동안 너에게 어떤 일이 있었는지 나는 알지 못한다. 너는 사업에 실패를 거듭하는 네 남편을 대신해서 작은 부동산 사무실을 차리기로 했다. 특별한 이름을 지을 것이라 생각했지만 가장 익숙한 상호인 제일부동산이라고 지었다고 했다. 너는 그 부동산의 사무실에서 제일 어울리지 않는 얼굴로 하루 종일 앉아 있었다고 했다. 실패가 오래 거듭되는 동안 네 남편도 변해 갔을 것이다. 착하고 철두철미한 네 남편은 어딘지 모르게 낡고 남루한 두 손바닥만 남아 너의 마지막 생활비까지 짜내고 너에게 주먹질을 해대는 사람으로 변해 버렸을 것이다.

너는 한 남자에 대해 말했다. 남편이 아닌 남자. 딱 한 번 너는 쓰레기를 버리러 나왔다가 집에 들어가지 않은 적이 있다고 했다.

결혼 후 오 년이 지났을 때였다. 후줄근한 치마에 스웨터를 걸치고 쓰레기를 버리다가 너는 집 앞 영도바다에 별이 너무 많다는 것에 놀라 마치 바다로 난 길이 처음인 듯 바다로 바다로 걸어내려 왔었다. 네가 간 태종대 앞바다에 불빛을 밝힌 어선들이 먼 수평선 너머에서 너를 불렀을 것이다. 너는 답답함의 끈을 그렇게 한번 쥐었다 놓아보았다. 대여섯 시간. 네가 집을 나온 그 시간 동안 남편은 너를 찾아 열 군데도 더 전화를 하고 친구들에게 연락을 했었다.

너는 그때 길을 나서면서 어딘가 낯선 자동차의 문이 열리는 곳이라면 어디라도 그 차를 타고 떠나고 싶었다고 중얼거렸다. 너는 그때 네 살 난 어린 딸을 잊고 있었다. 네가 보고 싶은 것은 이곳에서 저곳으로 통하는 파이프. 이곳을 건너 또 다른 곳으로 너를 데려다 줄 통로였는지도 모른다.

너는 하룻밤을 바닷가 포장마차에서 지내다 왔다. 분명 걸어서 온 거리였는데 집으로 되돌아가려고 하니 너무 멀었고 현금도 카드도 하나 없이 걸어 나온 길이라는 깨달았다. 허둥거리는 너를 누가 붙잡았을까? 손끝에 남아 있는 그날 저녁 식사 후의 음식 냄새와 쓰레기 봉지 냄새는 네가 있었던 곳의 흔적을 말하고 있었다. 어깨에 걸친 파란색의 니트 카디건이 너의 모습 전부였다. 너는 말을 잃은 농아처럼, 길을 잃어버린 미아처럼 한동안 우두커니 서 있었다. 태종대는 늘 푸른 파도가 출렁거리는 곳. 너의 몸속 텅 빈 파이프 속으로 물이 쿨렁 쏟아져 들어왔을 거다.

그때 네 남편은 내게도 전화를 해왔다. 희정이가 사라졌다고. 네 남편의 전화를 받고 네가 갈 만한 곳을 애써 떠올렸지만 알 수 없었다. 너는 그때 어디로 가고 싶었을까? 어떻게 되돌아왔을까?

"나 그때 어딘가로 다녀왔는지 누군가를 만났는지 기억나지 않아."

나는 너의 그날 일이 궁금했지만 물을 수가 없었다. 어쩌면 그날 네게 아무런 일도 일어나지 않았는지 모른다. 하지만 어떻게 아무런 일도 일어나지 않을 수가 있을까? 네 발바닥에 생겨난 상처는 그저 자갈밭을 맨발로 걸어서 생긴 흔적이었나? 너는 편지로 그날 일을 밀봉하겠다고 말했다. 너는 사라졌다가 이내 다시 돌아왔다. 너는 떠나고 돌아오는 게 자유로운 사람이다. 다시 떠나고 그리고 또 돌아온다. 외로웠을 테지만 너는 오래전 네 고향 욕지도의 산모롱이에서 보이지 않는 불빛을 가슴에 품고 스삭스삭 걸어 나갔을 때처럼 오직 다시 살려고 했을 테니까.

사거리에서 너랑 딱 마주쳤다. 오늘 너는 검정 슈트를 입고 검은 가방을 매고 내게로 왔다. 네가 이렇게 멋지게 옷을 차려 입고 나선 적은 없었다. 윤기 나는 검은 하이힐까지.

"내가 잘 나갔거든. 토요일에도 난 쉬지 않고 일했으니까. 십 년 동안 삼천육백오십 일에서 오백 일을 뺀 삼천백 일 동안을 일만 했어. 몰랐지?"

너는 마치 어딘가 사무실에 가서 일이라도 할 듯 소매를 걷어 올렸다. 도대체 죽고 난 뒤에도 저렇게 일을 하고 싶어 하는 줄은 몰랐다.

"너 그렇게 벌어서 네 딸들 고등학교 학원비 대고 옷 사 입히고 대학 보낸 거 다 알아."

너는 웃었다. 아무래도 너는 스스로 집을 구하기로 작정한 듯 보였다.

"오늘 어디로 갈 거야? 나는 아직 네가 들어갈 집은 구하지 못했어."

나는 하마터면 이곳 사람들이 사는 데는 돈이 제일 문제라고 말할 뻔했다. 돈이라는 게 얼마나 더러우면서도 절박한지 네가 모르지 않을 테니까. 다시 세상으로 돌아온 네게 말하지 않아도 될 거라고 생각했다. 도대체 너는 어떤 마음으로 다시 살려고 나를 찾아왔을까?

"사람들이 찾아다니는 집들은 다 똑같아. 가격이 문제가 아니고 얼마나 아늑하고 나의 비밀을 품어 줄 수 있느냐가 중요하지. 빈 공간을 찾아낼 수 있느냐도 중요하고. 집은 주인이 따로 있고, 빈 집에도 눈이 있다고 했지?"

너는 반짝이는 구두를 내려다보며 말한다. 그러나 네가 들어갈 집은 아직 찾아내기가 어렵다. 네가 꽤 유능한 부동산업자로 십 년 동안 일을 했다 해도 네가 바라는 무미 무취의 아파트는 어디에서도 찾아낼 수 없을 것이다. 너는 아마 하루 종일 걸어 다닐 것이다. 나를 찾아 이곳으로 온 이후로 나는 사거리 건널목에서도 은행 앞 계단에서도 너와 종종 마주쳤다.

너는 어디에서 오고 어디로 가 있는가? 내가 너를 잠깐 만나고 너를 생각하고 일상의 시간 속에서 너와 얘기를 나누지만 이 모든 게 꿈 같다는 것을 안다. 너는 따스한 불빛이 그리워 이곳을 다시 찾아와 사는지 모른다. 그러고 보니 네게 너 말고도 이렇게 다시 살아가는 이들이 있는지 물어보지 않았다. 너는 이미 네가 한 번 죽었다는 것을 알고나 있을까?

너는 지금 네 군데의 부동산 사무소가 늘어서 있는 상가 앞에서 서성거리고 있다. 들어가고 싶지만 들어가지 않는 것은 네가 무취한 집을 가질 수 없다는 것을 이미 알아서일까? 사람에게 필요한 아파트는 어느 정도 크기와 어느 정도의 냄새가 나는 곳인지 갑자기 궁금해졌다. 네 집과 내 집이 어떻게 다른지 궁금하기도 해서 나는 너를 뒤따르기로 한다.

검은 자켓에 검은 하이힐을 신고 지금 저 사거리에서 신호등을 기다리는 너. 안타깝게 그립지만 나는 너를 부르지 않기로 했다.

나는 네가 다녀간 것을 안다. 벽에 금이 더 뻗어 있다. 다시 이곳에서 세를 얻어 살고 싶어진 것이다. 나는 집 하나를 골라 두었다. 이곳 어머니의 아파트 파이프 속에 너의 작은 방을 마련해 두었다. 월세는 없다. 너와 함께 저녁나절 함께 맥주를 마시고 때로는 마사지 샵도 함께 가고 해운대 밤바다도 볼 것이다. 눈이 보이지 않는 고양이를 데려다가 키우면서 어쩌면 너는 나보다 더 오래 이곳을 드나들며 살게 될 거다. 하루에도 몇 번씩 너의 뒤를 따르며 나는 지금 걷고 있다.

회색
벽

머리 위로 단 한 개의 알전구만 달려 있는 것이 희미하게 보였다. 하지만 그 전구는 이미 빛을 낼 수도 없는 듯 어두웠다. 이 전구의 오래된 필라멘트는 이미 십 년 전쯤에 끊어졌지 싶었다. 눈뜨자 바로 보이는 높은 천장으로 바람이 희미한 빛과 함께 새어 들어왔다.

　머리카락 위로 바람이 지나간다는 썰렁한 느낌이 들자 몸 전체가 추위를 감지했다. 한겨울 아니고는 좀처럼 추위를 타지 않는 나는 처음에는 이곳이 그저 술집 부엌 정도일 거라고만 생각했다.

　도대체 누가 나를 여기 데려다 놓았을까? 마지막으로 본 노란색의 방수 방석이 깔렸던 그곳은 식당 겸 술집이었다. 그럼 이곳은 어디인가? 무거운 쇳덩어리가 내 허리와 다리 위에 포개져 있는 느낌이 들었다. 하지만 필름이 끊어지듯 머릿속의 기억은 없어졌다. 노란 방석과 찌개 국물이 흘러내린 탁자. 앞 사람의 벗어둔 옷자락. 웃음소리와 닭조림의 달달한 냄새와 뜨거운 열기는 기억하건만. 오랜만에 마신 술의 뒤끝이 이렇게 습하고도 질척한가? 마치 머나먼 고대의 섬 한가운데 지하 감옥 같은 곳에 홀로 내팽개쳐진 기분이었다.

더듬어 급하게 가방을 찾았고 가방의 바닥 깊숙이 이미 먹통이 된 휴대폰을 확인했다. 도대체 이게 뭘까? 휴대폰도 지갑도 다 그대로인데 여기는 어떻게 오게 된 것일까? 불에 달군 숟가락에 급히 입술을 데었을 때처럼 찰나와 같은 순간의 깨달음이 다가왔다. 설탕이 녹아 누런 캐러멜이 되고 나서 달고나 숟가락에 입술이 쩍 달라붙어 혀를 데었던 어린 시절의 기억처럼. 내가 있는 이곳이 그 누구도 찾아오지 못할, 그 어디에도 없는 곳일지도 모른다는 또 다른 각성이 머리를 때렸다.

휴대폰의 보조 배터리마저 제대로 작동하지 않았기에 내가 누웠던 곳의 자리를 더듬어 보았다. 이곳은 그러니까 허물어진 창고 안이다. 이 섬유조각들 같은 것들에서는 풀 냄새와 질긴 한지의 냄새가 났다.

．．

이 일은 어느 한 음식점에서 시작된 것이다. 아니 어쩌면 이곳의 노란 방석이 있던 음식점이 아니라 몇 달 전으로 거슬러 올라 센텀역 부근의 어느 식당에서였다. 낭만 고양이인지 하는 그 식당에서 나는 이곳의 주소를 알게 되었다.

"주소를 적어 두세요. 언젠가 국도를 가다가 들르게 되면 한번 가보도록."

식당 안은 시끌벅적했고 중국에서 온 듯한 관광객들이 여럿이 줄을 지어 이 건물의 다른 층을 오가는 것을 바라보았다.

"너무 좋은 땅이라 사두면 오늘이 딱 생각 날 거야. 땅은 본래 사서 십 년 이십 년은 묵혀 두는데 그곳은 아마 십 년 안에 달라질 거니까."

음식이 입에 들어가고 눈이 휘둥그레질 만큼 많은 사람들이 밀물처럼 몰려와 모든 것을 쓸어갈 듯이 화장품 가게며 모조 보석가게를 돌아보는 것을 바라보며 나는 이 식당이 센텀역 부근의 가장 번화한 곳 중에 하나인 것을 새삼 느꼈다.

"그곳에 말을 해둘 테니 꼭 한번 가봐."

조금 친해졌나 보다 하고 생각이 든 것은 부동산 중개업자인 여자의 친근한 반말 탓이었다.

그때 그 자리에 함께 있었던 고신은 나의 십 년 넘은 지기였다. 절대 동업은 하지 않는다는 나의 철칙에도 불구하고 지난 몇 년 동안 고신과 함께 이리저리 일을 벌여 왔다. 그리고 최근에 들어서는 고신과 함께 해오던 일을 정리해야 했다. 그것은 고신, 그녀의 남편 때문이기도 했다.

"나현 언니. 아무래도 함께 시작했지만 언니가 끝까지 이 학원은 맡아 줘요. 나중에 권리금 받고 넘길 때 함께 돈이 들어간 부분만 나눠 갖게 되면 좋겠어."

고신과는 이 년 전에 함께 학원을 시작했는데 고신이 갖고 있던 어떤 자격증으로 인해 나는 좀 더 내부가 넓은 학원을 만들어야 했다. 방과 후 어린 학생들을 위탁 관리할 수 있을 거라는 고신의 계획으로 학원 내부에 조리 시설까지 갖춘 방을 하나 더 만들었고, 싱크대까지 만들어 넣느라 생각지도 않은 돈이 들었다. 하지만 석 달도 되지 않아 고신은 남편이 늦게 들어오는 것을 원치 않는다는 이유와 아이가 어리고 자주 아파서 자신은 학원 일에서 손을 떼겠다는 말을 했다. 고신의 남편은 결혼 이후 어떤 사소한 이유로 회사를 그만둔 이후 그 어떤 일도 하지 않고 오래도록 집안에서 주식 관련 방송만을 보며 지내오고 있었던 것이다.

어떤 이유에서도 동업을 하지 않기로 한 나의 각오는 그렇게 종종 오류를 낳았고 또다시 나는 그 대가를 치르는 일을 한 셈이었다. 그러고도 고신은 남편의 집안이 가진 많은 땅을 어떻게든 팔아서 사업 자금이 되도록 설득할 거라고 했다. 땅을 팔아 자금을 만들어 내지 않으면 그 땅을 뺏길 수도 있다는 것이었다. 그러니 늘 나에게 어떤 사업이 좋을지를 물어보고는 했다. 고신은 언제부턴가 나를 자신의 친척이나 자매처럼 여겼고 사업 투자를 하는 일에 관심을 보여 왔었다.

다툼이 많았던 남편과의 결혼 생활 동안 고신은 두어 번의 이혼 소동을 벌였다. 늘 미리 작성해 둔 이혼 서류를 책상 서랍 안에 두고 꺼내 본다는 고신은, 하지만 일이 힘들고 지칠 때면 언제나 남편과 초등학교 딸아이에게 돌아가 버렸다. 그런 고신에 비한다면 나는 아무것도 걸릴 것 없는 혼자였다. 십오 년 전 이혼을 한 나는 일곱 살 난 아이조차 전남편에게 떠나보냈었다.

· ·

경북 안동 부근 국도 옆 가실마을이라는 화강암 표지석에는 '바르게 살자'라는 글씨가 궁서체로 함께 적혀 있었다. 가실마을 오백 미터. 주변에는 특징 없는 나무들과 나지막한 산과 스러져 가는 국도변의 낡은 창고와 벽에 들러붙은 채 말라버린 담쟁이 잎들이 마른 종잇장처럼 펄럭거렸다. 길섶에 마구 자라난 칡덩굴도 푹신한 덤불을 이루고 있었다.

'거긴 경계가 없는 곳이야. 아무런 개발 제한이나 이런저런 걸림이 없는 곳이고 사람들도 순하지. 어쩌면 앞으로 그곳에 있는 전통문화유산이 관광자원으로 개발될 테니 나중에 펜션이나 건물을 지어두면 좋지. 진짜 알짜배기 땅이 될 수밖에 없어.'

다시 그 센텀시티역의 베트남 쌀국수 식당이 떠올랐다. 초록빛 고수 잎이 마치 봄날의 레이스 뜨기를 한 리본처럼 입속에 까끌하니 맴돌았다. 향이 독특한 고수는 먹어도 익숙하지 않지만 그래도 나는 무슨 시험을 하듯 먹고 있었다. 오리엔탈풍의 비누를 삼킨 듯 향이 입 안을 맴돌았다.

몇 번의 사고파는 경험을 한 뒤 누군가에게 아파트의 거래에 대해 말을 하게 되면서 나는 부동산의 귀재라는 말을 듣고는 했다. 그것이 지난 사 년 동안 일어난 일이었다. 우연히 미분양된 아파트를 부동산에서 오백만 원의 웃돈을 주고 사두었고 그것이 최근 완공된 후 입주 즈음에 팔천만 원 가까운 프리미엄을 호가하는 자산이 되게 된 것이다. 그동안 서너 개의 작은 아파트를 겁도 없이 전세를 끼고 사고팔기를 했었다. 그러는 사이 돈은 어디에선가 들어와서 어디로 나가는지 모르게 숫자의 표시로 움직였고 은행의 아파트 담보 대출 액수는 늘어났다. 하지만 시간이 지나면서 갚아야 하는 대출 이자보다 아파트의 전세가가 일이 년 사이에 많이 올랐었다. 그러면서 나는 그 부동산 업자들보다 더 탁월한 감각이 있다는 얘기를 듣게 되었다.

 "학원도 경영하고 작은 부업도 하고, 정말 대단하시다. 나중에 할 일 없으면 저와 손잡고 일해 봐요."

 명함을 내미는 부동산 중개업자들은 친절하고 나긋했다. 그들의 칭찬은 달콤했고 혼자인 내게 늘 힘을 주었다. 무엇보다 일없이 혼자 늙어갈 가난한 노년이 가장 두려웠던 나는 언제나 지금 하고 있는 일과 내일 해야 할 일이 있는 인생을 살고 싶었다. 그 어떤 것보다, 내 식탁에 밥을 가져다주고 건강보험료를 낼 수 있게 하고 오래된 친구와 만나 한 잔의 커피를 마실 수 있게 하는 그 어떤 일, 그것에 나는 목숨이라도 걸 태세였다. 그리하여 아주 늙고 나서도 남의 손에 의탁하지 않는 삶을 계획할 수 있다면 그 일을 오래도록

하는 것, 그것이 바로 나의 삶의 전부라고 생각했다.

센텀시티의 저녁 불빛은 언제나 밤을 깨웠다. 수영 강변 쪽으로 파노라마를 이루듯 영화의 전당 LED 조명이 분홍에서 진보라로 그리고 연둣빛으로 환하게 점멸하는 밤이면 나는 집에 들어가기 전 센텀시티의 어두운 도시의 뒷길을 꼭 한 번씩 차로 천천히 달렸다. 새로 지어지고 있거나 새로 문을 연 가게들, 그리고 옥수수 알갱이 빠지듯 열에 둘, 셋 문을 닫는 가게의 어둠이 덮친 검은 유리 문들을 둘러보았다. 그 속에 사람들은 마치 우주 속에 떠도는 행성들처럼 오직 밝은 불빛만을 좇아 모여들었다. 깊은 밤에도 꺼지지 않는 빛에는 먼지가 부유하는 듯한 떨림이 있었다.

부동산 업자인 여자들은 내 마음 속의 진동을 알고는 있을까? '함께 일해 봐요.' 하는 말에 하마터면 소리 내어 웃을 뻔했다. 어떤 말에는 뱃속이 뒤틀리며 대꾸할 말과 헛웃음이 엇박자가 되어 튀어 나온다는 것도 알게 되었다. 겉으로 보기에 그저 부러운 사람이라니 나는 더없이 좋았다. 그 누구도 내 안의 어둠과 울음을 알기를 바라지 않았다. 그것은 먼지처럼 아무도 보지 못하는 진동음일 뿐이었다.

두어 번 만나 아파트를 사고팔면서 안면을 트게 되었지만 이들에게 고객에 대한 소문은 빛보다 빨랐다. 그러므로 나는 어느 누구에게도 내가 혼자서 센텀시티 내 가장 한가운데 있는 십팔층의 고급 주거 아파트에서 살면서 라면으로 저녁을 대충 때운다는 것을 말하지 않았다. 늦은 밤 혼자 텔레비전을 보면서 또다시 새로운 일을 찾기 위해 어떤 궁리를 하는지에 대해 말한 적 없었다. 늦은 밤 돌아와 이른 아침 나설 때까지 어떤 마음으로 잠을 자고 깨어나는지 말하고 싶지 않았다.

이번에 새로 이사 들어온 이 집은 온통 통유리인 거실이 마음에 들었다. 밤이면 다른 고층 건물의 불빛이 별빛처럼 와 박혔고 그렇게 어두운 밖을 내다보면 지난날의 일들이 압축된 파일이 되어 수천 번도 더 넘게 풀리는 듯한 환상을 자주 보았다.

십오 년 전 이혼과 함께 친정아버지의 도움으로 겨우 얻게 된 열 평의 오래되고 값싼 작은 아파트에서 여기에 이르기까지의 일들이 눈앞에 반짝거렸다. 십 년 동안 먼 친척이 운영하는 자동차 하청 업체의 공장으로 오직 출퇴근 버스만 타고 다니며 이른 아침부터 늦은 밤까지 일했었다. 크고 작은 사고를 입은 외국인 노동자들을 병원으로 데려가기도 했고 노사 분규가 일어나기 전 직감만으로도 알아채고 먼 친척인 사장의 입장을 대신해 그들을 달래기도 했다. 인사과장이라는 명함은 있었지만 내가 한 일들은 모든 일의 뒤치다꺼리였고, 십 년 뒤 사장의 아들이 외국에서 돌아오자 나는 그 일도 넘겨주게 되었다.

누군가는 내게 그래도 십 년 동안 일할 수 있었다는 게 다행이라 했고, 어떤 이는 그 십 년의 사회생활이 인생의 진짜 공부라고 했다. 다행히 아버지에게 빌린 돈을 갚았고 열 평의 아파트는 재개발 대상이 되어 나의 튼튼한 기반이 되었다. 혹 누구는 내 인생에 거품이 있었다 하겠지만 그 모든 것 또한 나의 땀이었고 노동이었고 불면의 날들이 가져온 깨알 같은 축복이었다. 그 누구에게도 굳이 말할 필요가 없었다. 어쩌면 고신만이 그나마 나의 이야기를 알고 있었다.

"땅은 임자가 있다니까, 언니 혹 알아요? 요즘 일광 바닷가에 비싼 카페 들어설 줄 누가 알았겠어? 이 센텀시티도 이십 년 전에는 그저 유채꽃 단지로 있던 곳이잖아."

그날 음식점에서 고신과 부동산의 여주인은 의기투합한 듯 보였고, 부동산 여주인은 자신의 가장 중요한 정보를 말하듯 자신의 고향이 그곳 근처라며 잘 알고 있다고 말했다.

· ·

연잎이 누렇게 말라 가고 있는 풍경을 지나쳐 왔다. 떨어진 은행잎들조차 노랗다 못해 금빛으로 변해서 회색빛의 나무 둥치 아래 덮여 있었다. 세 시간 반의 운전 끝에 차에서 내리자 산과 들과 밭과 나무들이 함께 어우러져 모든 발효가 끝나고 가장 맑게 걸러진 순한 공기가 느껴졌다. 축축한 바람의 기운이 마른 땅의 언저리를 돌아 서늘해지고 그리고 땅은 수분을 날려 버리고 포슬하게 굳어 가고 있는 시간이었다. 야산의 수풀들조차 서걱서걱 햇살에 달게 말라 가고 있었다. 굳어진 나무들이 바람에 아직 남아 있는 잎들을 연신 쏟아내고 있었는데 그건 마치 나무의 뼈를 하나하나 발라 가는 듯한 모습이었다. 그 헛헛함이 나무들이 서 있는 국도의 풍경에서 느껴졌다. 살을 발라내고 뼈를 드러내는 일. 이것을 보려고 여기 왔을까? 어쩌면 이곳에서 가장 돈으로 사고 싶은 게 있다면 이 공기의 맛과 헛헛함과 쓸쓸함을 함께 주는 풍경이었다. 돈이 들지 않는 가장 값비싼 것들. 나는 순간 연락되지 않는 고신을 떠올리며 한숨을 쉬었다. 가벼운 한숨은 아니었다.

며칠 전 나는 처음으로 '늙은 년이 어디 사기를 치고 그래?' 운운하는 욕설을 들었다. 아직 만기를 몇 달 남겨두고 학원을 정리하려는 욕심에 고신이 쓰기로 한 비어 있는 한 칸의 방을 먼저 내어놓았던 것이 문제였다. 새로 들어온 세입자는 자신이 부당하게 권리금을 내었다는 이유로 툭하면 나를 고발하겠다고 했다. 법대로 처리한다는 것. 얼마 전 세입자가 불쑥 문을 열고 들어와 테이블 위에 올려놓은 것은 검은 비닐로 싼 커다란 망치였다.

세입자인 여자가 새로 문을 연 네일 샵은 문을 연 뒤 한 달 반 동안 거의 손님이 없었다. 자신의 선택으로 시작한 네일 샵이지만 가게에 뭔가 문제가 있을 거라고 생각한 세입자는 차츰 내게 속았다는 생각으로 분노하고 있었다. 두드려 부수고 싶은 저 망치처럼.

"늙은 년이 장사도 되지 않는 가게를 권리금 오백만 원이나 받아 처먹다니."

서른을 갓 넘긴 여자의 눈빛은 노랗게 불타오르는 듯했다. 종이에 돋보기를 대고 햇빛을 모아 타들어가게 하는 그 불빛. 노란 증오의 불. 눈에서 타오르는 그 분노의 불빛이 너무 낯익었다. 한때 내게도 저렇게 망치를 들이대고 싶었던 이혼의 과정이 있었다. 늙

은 년 운운에 나 또한 화가 치밀어 여자와 대면했지만 뭔가 이치에
맞지 않게 되어 자신의 잘못을 인정해야 할 때면 여자는 제 남편의
뒤로 숨어버렸다. 세입자 여자의 남편이 와서 사죄했다. 성격이 괄
괄하고 성급한 세입자 여자에 비해 순하고 예의 바른 중년의 남자
였다. 가게 주인과 아직 두 달의 계약 기간이 남아 있지만 월세를
그대로 지불하는 것으로 하고 나는 서둘러 학원을 정리하고 그곳
을 나왔다.

세입자 여자의 망치는 그때 한 번도 누군가에게 보여준 적 없는
나의 또 다른 얼굴을 깨부수었다. 내가 살펴보지 않았던 마음속의
한쪽 거울을 부수어 버린 것이었다. 그러므로 나는 함께 상처를 입
었다. 내가 살아보자고 한 그 모든 일이 다른 이에게는 망치로 부
수어 버려야 할 일이었다. 나 또한 그 건물의 주인에게 섭섭한 것
은 있었다. 학원이 될 것도 같지 않았던 그곳에 권리금 두 배나 되
는 돈을 들여 내부를 수리하고 바꾸고 꿈에 부풀었을 때 그 어느
누구도 단 한 마디 걱정을 해주지 않았다.

고신이 웃었다. "내가 말했잖아요. 언니. 남편조차도 나랑 생각
이 다를 땐 남이라고. 언니도 그래서 이혼한 거잖아. 남보다 못하
니까 그러지. 공부했다고 칩시다. 피 터질 때까지 참고 기다렸다가
내 차례가 오면 그때 다른 사람에게 권리금 받고 넘겨 버리는 것,
그게 자영업이라는 거."

견딜 때까지 견디는 거, 그게 사는 거라며 고신의 깔깔대듯 말하
던 그 모습이 잊혀지지 않았다.

이곳에서 만나기로 한 고신은 강원도에서 내려오는 길이었고 자신도 이곳의 지리가 익숙하지 않다고 말했다. 고신은 언제라도 남편을 구슬려 시댁의 남편 지분의 땅을 팔고 싶어 했고 만약 그렇게 되지 않으면 대출을 받아서라도 다시 새로운 일을 할 거라고 했다. 뭔가 새로운 어떤 일을 하지 않으면 답답해서 죽은 듯 여겨진다는 고신이었다. 그렇기에 고신과 나는 어느 부분 잘 맞아 떨어졌다. 고신은 나의 자유로운 시간과 수완을 필요로 했고 나는 언제 어디서라도 일을 할 준비를 하고 있는, 그래서 머뭇거리지 않고 돈을 준비해 줄 수 있는 고신의 행동력이 필요했다. 하지만 이렇게 고신과 땅을 알아보러 가는 일이 생길 줄은 몰랐다. 지금이 적절한 때일까? 알 듯 모를 듯 가닥은 잡히지 않았다.

· ·

국도변에 뒤엉킨 마른 풀들이 둑처럼 쌓아올려져 있었다. 유독 마른 칡덩굴과 개여뀌가 늦은 가을임에도 남아 있었다. 고신은 허름한 담벼락의 집들과 무너진 기둥과 벽들, 구멍 뚫린 공장식 축사들이 이어진 마을을 눈앞에 두었다. 아무래도 길을 잘못 들었다고 여겨졌다. 여기는 아니다. 이런 곳이 부동산의 천 여사가 말한 좋은 곳인지 아리송했다. 가려운 듯 졸린 듯 머릿속이 근질거리는 느낌으로 남았다.

이른 아침 강원도에서 있었던 모임이 다시금 가족 간의 다툼으로 변해 예정된 시간보다 일찍 모두 자리를 박차고 일어났다. 고신은 시댁 모임이 언제나 알 수 없는 시한폭탄이 터지듯 늘 이상한 방향으로 어긋난다는 것을 다시금 느꼈다. 분명 어제부터 이어진 시누와 시누 남편의 초대이자 누군가의 승진을 축하하는 먼 거리의 모임이었는데 모임의 말미에는 늘 그렇듯 땅과 재산의 분배 문제로 의견이 달라져서 보기 흉한 주먹다짐이 있었다. 고신은 남편이 한시라도 빨리 이 시댁의 엉킨 문제에서 벗어나기를 바랐다. 단 한순간이라도 남편이 제대로 시댁의 부당한 일에 따끔한 한마디를 해서 남편 구실과 아이의 아버지 역할을 해주는 사람으로 돌아오기만을 기다리고 있었다. 하지만 결혼 후 이 년 만에 자신이 결혼한 사람이 그저 돈으로 제때 환산되지 않는 땅을 가진 사람일 뿐이고, 그 땅이 사실은 집안의 여러 사람들과 이해관계가 얽혀 있다는 것도 알게 되었다. 또한 남편은 무척 게으르고 힘든 일을 하기 싫어하는 여러 문제를 안고 있다는 것도 알게 되었다. 집안의 큰아들이라지만 남편에게는 배다른 형이 있다는 것, 게으름이 알 수 없는 고집으로 변해 때로는 시어머니와도 화합하지 못하고 혼자서 겉돈다는 것도 알았다. 고신은 더 이상 남편을 믿지 않았지만 남편이 누구보다 먼저 시어머니 땅의 첫 번째 상속 후계자가 되기만을 바라고 먼 강원도까지 갔었던 것이다.

먹었던 음식이 위를 쓰리게 했다. 고신은 약과 약간의 음료를 마셨고, 그것이 내내 몽롱한 잠을 몰고 왔다. 남편을 남겨두고 일이 있다는 핑계로 차를 몰고 내려왔지만 혼자 운전하는 데 익숙하지 않은 고신은 두 번이나 길을 잘못 들었다. 두 번째 인터체인지를 잘못 타고 들다 보니 고신은 약속을 변경하고 싶었다. 하지만 전화가 되지 않았고 어쩔 수 없이 고신은 문자를 남겼다. 여느 때처럼 늘 그래 왔듯이.

'언니 미안해. 오늘 가족 모임이 너무 길어지고 엉망진창이라 도저히 갈 수가 없어요. 우리 남편 알죠? 또 얼마나 내 속을 긁었는지. 다음에 같이 가요. 정말 미안해요.'

그렇게 문자를 보내고 나자 고신은 남편이나 시댁을 가진 여자들이 피치 못하는 사정이라는 이름으로 시댁의 모임 운운하는 것이 얼마나 얄팍한 핑계인가 싶어 스스로에게 웃긴다는 생각이 들었다. 그러고 보니 이 년 전에도 자신의 권유로 학원을 새로 열게 되고 청소년 복지 일을 하고 있는 자신의 업무 때문에 내부 수리까지 하게 된 것임을 떠올렸다. 그때 고신은 스스로의 자신감 부족이라기보다 집안 문제라는 이유로 빠져 나와 버렸다는 것을 내색하지 않았다. '메르스 탓이야. 그때 학생들도 학원에 올 수가 없었으니까.'

사실 자신이 그곳을 선택하고 나서 딱 한 달이 지나자 그 학원이 결코 돈이 되지 못할 자리라는 것을 직감했다. 아무리 힘들여 일을 한다 해도 학생들이 늘지 않을 것이며 차라리 일을 접는 게 더 경제적이라는 것을 알게 되었다. 그곳은 학원뿐 아니라 어떤 업종이 들어와도 그다지 좋아지지 않으리라는 것을 파악했다. 그곳은 아파트 단지를 끼고 있어도 유동 인구가 많지 않기에 일 년, 이 년을 문을 열어도 어느 학부모 하나 눈여겨 볼 만한 위치가 아니었다. 그래서 고신은 자연스레 다른 복지관에서 일을 시작했었다.

언니도 내 사정을 알아주겠지. 게으르고 이해심 없는 남자와 함께 살아간다는 게 얼마나 말도 안 되는 변수가 작용하는 일인지 알고 있을 테니까 싶었다. 그리고 몇 년 전 자신의 시댁 일로 미리 한번 이혼 서류를 작성할 때 조목조목 가르쳐 준 사람도 그 누구도 아닌 언니였으니까. 어쩌다 고신 자신조차 시댁의 무계획적이고 즉흥적인 일상에 닮아 가는 부분이 생겨났지만 고신은 그것을 알지 못했다.

그건 마치 생각지도 않은 한적한 시골의 어느 카페에 들어갔을 때 갑자기 나타난 멧돼지 한 마리가 카페 문 앞에서 서성대는 것을 보는 것과도 같은 기분일 것이다. 고신은 자신의 시댁 사람들이 오늘 아침 얼마나 어이없는 일들로 서로 비난을 하고 몸으로 부딪히며 싸웠는지를 떠올렸다. 하기는 결혼 후 수차례 봐온 일이지만 늘 전염병에라도 감염될 듯 몸이 떨렸다. 멧돼지 같은 사람들이야. 그러자 깊은 산 어둠 속 강원도의 도로 한가운데서 종종거리며 걷고 있는 어린 멧돼지를 보았다는 나현 언니의 이야기를 고신은 떠올렸다.

"그 멧돼지를 그럼 어떻게 했어요? 언니. 죽였어요?"

"차를 세우고 기다려야지. 어쩔 수 없어. 멧돼지가 내가 계획한 대로 가주지 않으니."

자신의 시댁 사람들 모두 제멋대로인 멧돼지 같은 사람들인지 모른다. 고신은 자신이 지켜야 할 오늘의 약속보다는 오직 이런 싸움에 휘말리고 또다시 이혼을 꿈꾸고 있는 자신이 더 가엽고 불운하게 여겨졌다. 고신은 어디 휴게소에라도 들러 잠시 눈을 붙이며 잠을 자고 싶었다. 정말 머릿속이 텅 빈 듯 어지러웠고, 그저 한 삼십 분만 잤으면 싶었다. 그리고 잠깐 눈에 들어왔던 국도변의 개여뀌를 떠올렸다. 분홍색으로 피었다가 짙은 자줏빛으로 쪼그라들어 말라버린 먼지를 뒤집어 쓴 개여뀌들이 흔들리는 모습. 국도변 어디가 어딘지 모르게 개여뀌만이 피어 있던 그곳. 그 개여뀌 빛깔은 시어머니가 입었던, 그 어울리지 않게 젊어 보이도록 튀던 고급스러운 니트 투피스 치마의 빛깔이었다. 시어머니의 쭈글쭈글한 입술 위에 발린 자주색 루주, 그리고 시어머니의 화가 난 눈동자 속에 뻗치던 핏발. 어쩐지 늘 속는 기분으로 앉아 있다가 오는 일들 모두였다. 왜 그렇게도 화가 나던지 혼자 중얼거리며 고신은 잠깐 눈을 붙였다.

‥

막 현실의 감각이 빙글거리는 기구를 타고 아래로 내려오는 듯 점차 정신이 차려지는 기분이었다. 지금 여기는 어디인가? 안동 부근의 시골 마을이었다. 어두워지기 전까지는. 하지만 오히려 그 어떤 것도 알고 싶지 않았다. 여기가 어딘지 알게 된다고 해서 지금 저 높은 천장과 사방이 막혀 있는 이 벽을 어찌할 수 있는 것은 아니었다. 혼자 있는 이 막막한 기분이 해결되는 것도 아니었다. 어떻게 이해해야 하는가? 복기하듯 나는 가방을 다시 더듬어 정리했다. 손에 잡히는 카드며 지갑 속 약간의 돈이며 그리고 휴대폰. 모든 것은 다 가방 속에 들어 있다. 하지만 휴대폰의 배터리며 보조배터리까지 모두 방전되었다.

어젯밤 누군가 이곳의 특산주라며 권했던 그 술에 그렇게 취한 것도 아니었다. 시골 촌로가 권하던 술잔. 그 촌로의 체면을 봐서 마신 것도 아니었다. 낯선 이곳에 와서 누구와 그렇게 술을 마실 상황도 아니었다. 하지만 고신을 기다리다가 나는 뭔가에 홀리듯 몇 잔을 마셨고 어지러웠고 잠깐 넘어진 것을 빌미로 누군가 여기에 버려놓고 간 게 틀림없을 것이다. 아니면 어제 술집 인근 숙소라고 잡아놓은 그 허름한 시골 함석집으로 돌아가다가 여기에 내가 걸어서 온 것인가?

어제 오후 내내 나는 고신을 기다렸었다. 함께 오기로 하고 시간이 맞지 않아서 이곳에서 만나기로 한 고신은 이곳의 주소를 알고 있었을 것이고 당연히 운전을 해서 내비게이션이 가르쳐 주는 길을 따라 그대로 찾아올 거라고 했다. 고신은 왜 저녁이 되도록 연락이 되지 않는지 알 수 없지만 그래도 좀 늦더라도 이곳으로 올 거라는 마음이었다. 원체 시간 개념이 좀 없기는 했다. 고신에게는 어디에 가더라도 고신을 불편하게 하는 남편이 있었다. 가끔 약속 시간보다 조금 늦을 때면 주로 남편이 아프니 죽을 끓여야 한다든가, 남편의 저녁을 챙겨야 한다든가, 남편이 꼭 이것을 해두고 가야 한다고 해서 그것을 하고 있다거나 그랬다. '그게 뭐니?' '말할 수 없어. 자존심이 상하니까.' '그게 뭔데?' '냉장고 속 청소를 지금 하고 있어요. 딸애가 뭘 쏟아놓았다나 봐.' 주로 그런 일이었다.

어제 이른 저녁밥을 먹는 내내 나는 고신에 대해 생각했다. 고신의 남편에 대해 내가 관대했던 것은 어쩌면 까탈스러운 이혼녀라는 딱지를 달고 싶지 않은 이유 때문이 아니었을까? 좀 더 고신에게 따끔하게 시간 약속을 일러두었다면 이렇게 되지는 않았을 거라는 생각이 커져 갔다. 고신은 도대체 어떤 마음으로 먼저 이곳에 함께 가보자 했을까? 고신은 오후 다섯시경에 이곳에서 만나자고 해두고 왜 오지 않은 것일까?

대충 머리칼을 손으로 빗어 넘기고 가방에 든 물건들을 확인하고 휴대폰만 작동된다면 바로 이곳에서 나갈 수가 있을 거라고 생각했다. 나는 일어나 가방 속을 다시 뒤져보았다. 지갑도 차 열쇠도 가방 속 화장품 파우치도 그대로였다. 아니 이것 말고 더 다른 어떤 것이 있었던가? 나는 무엇을 찾는지도 모르고 다시 또 가방 속을 더듬었다.

혹시 나는 이곳을 나 스스로 걸어 들어온 것일까? 누군가 내게 이곳이 쉬어 갈 수 있는 숙소라고 알려 주었을까 싶을 정도로 내게는 아무 달라진 것이 없었다. 다행이라고 생각했다. 비록 이렇게 낯선 곳에서 눈을 뜨게 되는 일이 생겼다 해도 어딘가 묶여 있는 것도 다친 것도 아니지 않은가. 누군가 옆에 단 한 사람이라도 있다면 감사의 기도를 올리고 싶었다.

차츰 이건 어쩐지 잘못된 방문이라는 느낌이 들었다. 이렇게 낯선 곳으로 오직 주소 하나만을 믿고 차를 달려왔으니. 휴대폰의 보조배터리도 어쩌면 완전히 충전시켰을 거라고 내가 잘못 생각했는지도 모른다. 시계가 없었기에 정확한 시간을 알기도 어려웠다. 나는 배의 힘을 끌어 모아 소리를 지르기 시작했다. 창고의 문 앞으로 어기적 걸어가서 두드리기 시작했다.

"아. 아 아. 아무도 없어요. 여기요. 이것 봐요."

어쩌면 아무도 찾지 않는 공장의 창고일 수 있었다. 밖은 어두웠는데 본래 어두웠는지 아니면 새벽이 오려는지조차 알 수가 없었다. 창고의 높은 벽. 사방의 컴컴한 콘크리트 벽과 철문 사이 뚜렷한 빛의 테두리가 그나마 밖에서 들어오는 빛의 출현을 그대로 보여주고 있었다.

취하지 않았다면 이런 곳으로 오지 않았을 것이다. 음식점에서 그냥 이른 저녁만 먹고 소개받은 읍내 숙박지로 가서 하룻밤 자고 났다면, 이곳에 온 김에 이 부근의 이름난 볼거리를 찾아 느긋하게 차를 몰고 나갔을 것이다. 고신이 오든지 오지 않든지 어쩌면 이렇게 어긋난 시간이 내게 몇 년 만에 갖는 휴식이 되었을지도 모른다. 그동안 내게 제대로 된 휴가나 여행이 있었던 적이 없었으니까. 안동의 이름난 곳이 어디였던가? 단 한 번도 나는 이곳의 이름난 곳에 여행을 올 거라고는 생각해 보지 않았다. 아니 취하지 않았다면 그냥 그곳 음식점에서 휴대폰을 충전하고 기다렸다가 고신에게 전화하고 왜 오지 않았는지를 먼저 물어 보았을 것이다.

그러자 그보다 더 근본적인 회의가 들었다. 그때 센텀시티 부근 식당에서 부동산 주인 여자가 말하는 안동의 전통문화유산 관광지 운운하던 그것이 어쩌면 거짓인지도 모른다는 생각을 왜 하지 않았을까? 왜 나는 이런 곳으로 무턱대고 찾아왔을까? 그날 입 속에 든 베트남 쌀국수의 고수 향까지 역겹게 느껴졌다.

　왜 나는 이렇게 쉽게 사람들의 호의를 거절하지 못하고 덤벼들어 일을 만들어 가는 걸까? 그리고 나는 누군가 손을 내밀면 얼마나 쉽게 덥석 잡았던가 하는 생각을 했다. 그것은 이미 오래전에 지나가 버렸지만 이혼한 전남편과의 첫 만남에서조차 그랬다는 것을 떠올렸다. 그저 지나가다가 떨어진 나의 책을 주워 주었던 일을 구실 삼아 내게 음악회 티켓을 내밀었을 때 나는 서슴없이 그와 음악회에 동행했었다.

　호의. '단지 한번 권유해 보는 호의였던 것을 몰랐군.' 결혼 후 남편은 내가 얼마나 생각이 없이 남의 호의를 덥석 받아들이는지에 대해 자주 놀리고는 했다. '그게 사람들이 제일 듣기 힘들어 하는 음악이라더군. 그런데 그것도 확인해 보지 않고 내가 가자고 하니 바로 따라 나서더라.' 내가 정말 생각 없이 행동을 한 것, 그중 가장 큰일이 그와의 결혼이었고 또 이혼이기도 했다. 처음 무작정 함께 간 음악회였지만 나는 음악 애호가가 아니었고 그 또한 음악 애호가도 클래식 애호가도 아니었다. 그는 오직 자동차와 관련된 일만을 좋아했고 씀씀이가 헤픈 남자였다. 서로의 내밀한 기호에 대해 단 한 가지도 아는 것 없이 칠 년간을 살았었다. 이혼 또한 가장 혼란스러운 상태에서 그의 사업 실패와 관련된 여자 문제로 어떤 이유도 해명도 없이 헤어졌었다. 그때 남편이 내밀었던 음악회 티켓은 '대지의 노래'였다. 구스타프 말러의 음악이라고 했던가? 그 음악이 지루했었는지 감동적이었는지 도무지 하나도 기억나지 않았다.

이럴 때 돌아오지 않는 나를 기다려 주고 안부를 걱정할 전화를 해줄 남편이나 아이가 있었다면 어땠을까? 나는 제 꼬리를 물고 휘감은 뱀의 머리처럼 만약이라는 아가리를 벌리고 수많은 이야기를 꺼내고 쑤셔 넣고 있었다. 그리고 지금쯤 자동으로 보일러와 자동 환기 시스템이 돌아가고 있을 센텀시티역 부근의 나의 집을 떠올렸다. 통유리로 쏟아져 들어오는 불빛과 십팔층에서 바라보는 수영강의 야경을 떠올렸다.

이번 여름에 이사한 집이었다. 짐을 싸두고 채 다 풀지도 않은 그곳을 떠올렸다. 짐들은 모두 붙박이장에 들어 있거나 장롱 속에 종이 박스로 들어 있었기에 겨우 신발과 옷가지 몇 벌만 계절에 따라 꺼내 두었다. 혹시 언제라도 집을 처분하고 떠나야 할지 모른다는 마음이 들어서였다.

내게 주어진 집의 안락함은 일층 출입문의 비밀번호를 해제한 후 자동 도어문을 열면 끝이었다. 자동 시스템은 내가 일층에서 엘리베이터를 타고 십팔층으로 올라오는 것을 집안 거실에서 감지하고 있었다. 그 붉은 알람 시스템은 하지만 나 스스로는 볼 수가 없었다. 기능을 다 알아내는 데 한 달이 넘게 걸렸다. 내가 오고 있다는 붉은 깜빡임을 볼 가족이 없으니 불빛은 무의미했다. 어느 누구도 나를 보고 있지 않았다. 집안에는 나를 기다리는 아이도 어항 속 금붕어 한 마리도 없었다. 하지만 올 여름 이사를 한 뒤 새로 단 그 핑크빛 커튼만큼은 더없이 부드럽고 소중하다고 여겨졌다. 센텀시티 내 나의 집에서 나를 기다리는 빨간 불빛. 이혼 후 많은 어려움 끝에 이뤄낸 집이었기에 더없이 소중했다. 중소기업 자동차 부품 공장의 일들과 이후 학원 운영, 그리고 몇 년 전에 취득한 사회복지사 자격증과 방과 후 교사일, 그리고 요양보호사 자격증까지. 아무도 봐주지 않아도 오직 나는 나의 붉은 깜빡거림을 느낄 수 있었다.

그렇구나. 오직 달려왔다는 말 외에는 한 사람을 달리 표현할 말이 없을 것처럼. 나는 이 회색 벽 속에서 스스로 그렇게 중얼거렸다. 저 밖 어딘가 도로 위의 붉은 점멸등처럼. 내 집에서 나를 기다릴 방범 시스템 속의 붉은 깜빡거림처럼.

높은 음역의 소리로 울어대는 멧돼지가 이 부근을 지나갈 거라고는 생각하지 못했다. 달리는 발자국 소리와 함께 멧돼지의 끽끽거리는 소리가 들여왔다. '탕.' 멀리서 나는 소리는 순간 공기를 가르며 무시무시한 공포를 주었다. 사냥총 소리와 함께 멧돼지의 울음소리는 잠시 멈추었다.

"여기요. 여기 사람이 있어요."

나는 창고의 입구로 기어가듯 다가가 몸을 힘껏 부딪히며 밖을 향해 소리를 질렀다. 하지만 생각만큼 목소리가 제대로 나지 않았다.

'탕.' 다시 한 번 먼 곳에서 어쩐지 이곳 창고의 벽을 향해 쏘는 듯한 총소리를 들었다. 방향이 아무래도 더 가까워지고 있는 듯했다. 야밤에 포획을 하는 이들이 있기는 한 것인가? 하지만 어디에도 사람들의 웅성거림 없이 아주 신중하고 전략적으로 쏘고 있는 총소리와 짐승의 울음소리만 간헐적으로 들렸다. 멧돼지를 향한 총소리라면 동네 사람들의 웅성거림이나 멧돼지의 움직임에 반응하는 소리들이 들렸을 텐데, 밖은 싸한 바람이 부는 듯 먼 곳에서 끽끽거리는 멧돼지 울음소리만 들리고 있었다.

"이것 봐요. 사람 살려요. 여기 멧돼지가 아니라 사람이 있어요. 여기 사람이 있어요."

창고의 높은 다락 부분에 희뿌연 창이 하나 나 있는 듯했다. 불빛이 비쳐 드는 것 같기도 했다. 그러고 보니 밖은 아주 흐린 날이거나 어쩌면 아침도 없이 밤의 시간만이 오직 끝없이 흘러가는지도 모른다.

여기에 얼마나 오래 있었을까? 나는 시간의 감각이 없어지고 있었다. 혹 하루이틀 지나갔는지도 모를 일이다. 낮 동안은 잠이 들어 있어 시간이 어떻게 흐르는지도 잊어버리고 오직 밤에만 눈을 떴는지도 모른다. 배가 고프지 않다고 해도 나의 체력은 많이 떨어져 있기에 어쩌면 하루나 이틀이 지나간 것도 인지하지 못할 수도 있었다. 나의 자동차는 어디에 주차를 해두었던가? 어디를 두드려야 문이 열리는가? 허벅지와 어깨에서 근육의 떨림이 일어나고 있었기에 나는 다시 일어서는 것도 힘이 들었다. 어떻게 이곳에 왔는지 알 수 없고 단지 머릿속에는 이곳을 떠도는 진한 풀 냄새만이 어떤 영상을 만들어 내고 있었다. 나는 어쩌면 누군가가 나를 발견하도록 멧돼지가 이곳으로 끽끽거리며 문을 부수고 달려 들어오기를 기다려야만 했다. 그렇지 않다면 나는 굶거나 목이 말라 탈수로 쓰러질 수 있었다. 이곳이 오직 이것뿐인 꿈이라기에는 너무 한심하지 않은가? 나는 바닥을 기어서 가며 내 손과 발이 지느러미라도 되는 느낌이 들었다. 어쩔 수 없었다. 변한 건 아무것도 없지만 이 모든 것은 예전과 다르다.

끽끽 울어대는 멧돼지는 어쩌면 늘 야산에서 내려와 고구마를 파헤쳐 먹다가 정신없이 오직 불빛을 피해 여기저기 쏘다니는 것에 불과했다. 누군가를 해치려 한 것도 아니고 어떤 무리를 끌고 사람들의 집을 점령하러 다가온 것도 아니었다. 피하려다가 돌진하고 만 것도 오직 몸집의 크기 탓이었을 것이다.

다시 한 번 총소리가 났다. 아직 멧돼지 사냥꾼들이 밖에서 오가는 모양이었다. 나는 가방을 들어 창고의 문을 힘껏 두드렸다. 가방에 달린 금속 버클 부분이 창고의 문을 강하게 두드리며 소리 내고 있었다. 바나나 리퍼블릭 가방은 밖에서 비쳐 들어오는 희미한 불빛에 야광의 불빛을 발광하듯 번쩍거렸다. 이 문은 어쩌다 이렇게 잠겼을까? 누군가 나를 넣고 문을 잠근 것인가? 이곳이 아무래도 오래전 문을 닫은 한지를 만드는 공장의 창고라는 것을 떠올린 것은 이 냄새 때문이었다. 슴슴하고 진득한 풀 냄새. 닥나무를 잘게 찢어서 물에 푹 젖도록 만든 그 공정. 그것이 물과 함께 다른 식물의 시료를 넣어서 종이를 부드럽게 만들어 놓은 것이라는 것. 그것을 체에 얇게 떠내어 한 장씩 두 장씩 걷어 내며 수백 수천 장의 한지를 만들어 내던 가내 수공업의 일. 방송으로 그런 일을 하던 사람을 보았었다. 아무도 없는 어두컴컴한 공장 안에서 혼자서 하루 종일 침묵하며 작업하던 노동자. 그를 인터뷰하며 누군가 그를 우리 전통문화의 장인이라고 불러주었다. 그때 그 사람이 슬쩍 웃었던 것은 자부심 때문이었을까? 아니면 고단함 때문이었을까?

밖을 내다보니 불빛에 한두 마리도 아니고 네 마리의 멧돼지가 어슬렁거리고 있었다. 어쩌면 저 멧돼지가 이곳 창고의 문을 향해 돌진해 온다면 저 총을 든 엽사가 이곳을 찾아오겠지. 비록 총으로 멧돼지를 쏘기 위해 이 문을 향해 총을 겨눈다 해도 어쩔 수 없는 일이었다. 내 목소리는 들리기는 한 것인가? 나는 다시 한 번 높은 소리와 함께 가방을 창고 문에 던져 소리를 질렀다. 내가 내는 소리가 붉게 점멸하듯 멧돼지에게 가 닿기를. 이 문을 박차고 들이박아서 여지없이 부수어 주기를 바라며 나는 회색 벽의 문을 두드려 댔다. 한 번, 두 번, 또 한 번 더.

자장가를 불러 주세요

오랜 시간이 흘러 아버지가 등에 업고 자장가를 불러 주었던 어린 남동생이 커버리고 나자, 아버지는 정말 그렇게 될 수밖에 없는 일이라는 듯 늙어 버렸다. 늙어 가는 일이 업무라도 되듯 정직하고도 성실하게 말이다. 성실하게 늙는다는 것은 어떤 것이야? 대답하자면 그건 그냥 아버지에게서 힘을 빼는 일이었다. 그리고 그것은 아버지가 가장 잘할 수 있는 일 중 하나였다. 어깨와 걸음걸이에서 힘을 빼고, 얼굴의 각진 표정에서도 힘을 빼고, 그리고 부풀어 오른 감정에서도 힘을 뺀다. 그러다 보면 힘이 저절로 빠져나간다. 그렇게 몸에 든 압력이 빠지고 부피가 줄어들어 아버지는 확실히 가벼워지고 얇아졌다. 속에 든 것이 되비치는 창호지처럼 말이다. 그러자 아버지가 불렀던 그 자장가가 생각났다. 아주 오래전 듣고는 이후 한 번도 들어본 적이 없던 노래. 나의 불면증을 씻게 해줄 것 같은 아버지의 자장가. 아버지의 자장가를 듣는다면 한 번이라도 편안한 잠을 잘 수 있을까?

"아버지, 그때 그 자장가를 한번 불러 봐요."

그렇게 물어보고 싶었지만 아버지가 자장가를 불러 줄 것 같지가 않았다. 아버지의 부끄러움은 피식 웃는 것으로 대체되고는 했다. 잠 오지 않는 깊은 밤 방바닥에 오래전 사진을 늘어놓고 내 어릴 적 모습을 하나하나 보다가 아버지가 기타를 잡고 있는 사진을 보았다. 눈에 익은 낡은 통기타였다. 어디에서 만들어졌고 언제 샀는지 알 수는 없지만 가장 스탠더드한 칠십 년대 중반의 기타였다. 사진 속 아버지는 기타를 치며 노래에 취해 있는지 아니면 막 노래를 시작하려는 찰나인지 입을 벌린 채 자신에게 집중하고 있었다. 그리고 그 옆에는 아홉 살 즈음의 내 모습이 있었다. 지금과 다르게 그 시절 아버지는 자주 노래를 부르거나 쿵짝쿵짝으로 이어지는 반주음으로 기타를 쳤었다. 사진 속의 아버지는 쎄무로 만들어진 잠바를 입고 있었다. 노래는 조용하고 언제 끝났는지 모르게 끝나는 옛 노래였다. 뛰어나게 잘 부른 건 아니지만 적어도 아버지에게 노래의 감수성은 흐르고 있었다. 그렇기에 이제 아버지가 부른 흔하지 않은 자장가를 나는 얘기하고 싶다. 아버지가 불렀던 자장가. 아무도 모르는 노래는 일본어로 부르던 노래였다. 언젠가 한번 아버지에게 그 자장가 얘기를 했다.

"참 이상한 노래였어요. 그런 자장가는 아무도 부르지 않아요."

아버지는 뭐 별스럽게 그런 것을 기억하느냐 했다. 하지만 내 기억 속에 그 자장가는 슬프고도 부드러웠다. 딱딱한 바닥에 누워 들던 자장가는 아버지가 동생을 재우기 위해 부르던 노래였다. 동생을 업은 아버지는 자장가를 이상스럽게 웃기도록 불렀는데 부르다 보면 슬프기도 한 자장가였다. 슬프고 부드럽고 그러다 보면 슬슬 답답해지기도 하던 노래. 생각해 보면 아버지에게 자장가는 어울리지 않았지만 그럼에도 아버지는 내게 자장가로 남는다. 시간이 지나 남는 것을 찾으라면 말이다.

많은 시간이 흘러 아버지는 점점 머리카락이 빠졌고 대머리가 되어 버렸다. 원래 작았던 키는 더 줄어들었고 다리가 아프다며 오래 걷는 것도 피하게 되자 다리는 새 다리가 되었다. 그럼에도 아버지는 발모제를 몰래 사다가 아무도 보지 않을 때 거울 앞에서 머리를 두드리며 약을 바르는 일 따위는 하지 않았다. 또 굳어지는 뼈를 부드럽게 단련시킨다며 태극권 따위를 배우러 다니지도 않았고, 그 흔한 감정의 과잉 상태에서 지나간 젊은 청춘을 아쉬워하며 '원더풀, 원더풀, 아빠의 청춘' 운운하는 감상적인 노래로 자식들의 맘을 짠하게 만들지도 않았다. 그저 세월 앞에 바보처럼 픽 나이 들어 보이게 나이 먹어 갔다. 할 수 없다. 요령을 피울 줄 모르는 고지식한 아버지의 성격은 아버지의 엄마인 친할머니에게서 물려받은 것이었고, 그래서 그건 엄마에게 평생을 두고 맘고생을 시킨 부분이었다. 언제나 엉터리로 뒷북을 치는 사람. 그러고도 자기가 놀라 미안해하는 사람. 택시를 잡고도 아이를 데리고 있는 여자에게 양보하는 사람. 아무도 없는 방 안에 들어서면서도 '실례합니다'라고 말하는 사람이었다. 아버지는 여러 직장을 옮겨야 했지만 사직서를 쓸 때도 그럴 수 없이 반듯하게 펜글씨로 썼었다고 엄마는 가슴을 쳤다. 그리고 마지막으로 직장을 그만두고는 집안에서 햇빛에 따라 천천히 움직이는 고무나무 화분의 그림자처럼 그렇게 걸어 다녔다. 아버지의 일과는 '이른 아침 신문을 보다가 아침을 먹고 커피 한잔을 마시며 〈굿모닝 오늘의 소식〉 같은 텔레비전 프로그램을 시청한다. 그렇게 앉아서 다시 펼쳐 놓은 신문 위에 마늘을 까거나 살짝 고장 난 라디오를 고치며 저녁밥을 기다린다.'였다. 아무런 일도 일어나지 않는 긴 시간을 아버지는 출장 나온 가전제품 기사처럼 성실하게 보내고 있었다. 그러는 동안 이상하게 아버지의 코는 점점 더 뭉개지고 커다랗게 부풀어졌다가 그냥 축 퍼져 버렸다. 코는 축 늘어져 아버지의 얼굴 한가운데서 염치가 없어지고도 뭔가 두려운 듯 자리하고 있었다.

"늙으면 부끄러움이 늘어나는 거란다."

늙은 아버지는 뭔가 고백하듯 말했다. 그 부끄러움은 밀도 있게 내부에서 차올라 오는 지하수 같은 것이었다. 넘치지는 않지만 늘 고여 있는 것이다. 누군가의 고백은 때로 위험하지만, 나이 든 이의 고백은 당연하면서도 지루했다. 그건 자신의 삶의 바퀴 자국을 내려다본 사람이라면 누구나 할 수 있는 말이었다. 언제부턴가 말수가 준 아버지는 조금씩 입을 열 때마다 고백을 하는 것 같았다. 거실 한쪽에 자리한 텔레비전 화면에서 말끔하게 가르마를 탄 남자가 주가 하락과 세계 경제 동향에 대해 얘기를 하고 있었다. 아버지는 옆에 부려 놓은 자루에서 마늘을 꺼내 천천히 까기 시작했다. 마늘이 들어 있는 자루는 깊어 보였다. 그 속에 든 것을 꺼내는 아버지의 손은 부끄러운 듯 조심스러워 보였다.

"그러는 당신은 젊어서도 부끄러움이 너무 많았어요."

콩 꼬투리 터지듯 엄마가 툭 말허리를 잘랐다. 달그락거리며 엄마의 손에서 빠져나온 콩알이 양은 냄비에 떨어졌다. 엄마가 말하는 아버지의 부끄러움은 아마도 아버지가 생각하는 것과는 다를 수도 있었다. 부끄러운 것이 많아서 남들 다 하는 일을 못하지 않았냐고 엄마는 말하고 싶었을 거다. 아버지의 옆에 바싹 당겨 앉아 등을 구부린 엄마는 아버지와 함께 어우러져 크고 검고 음울한 그림자를 만들고 있었다. 오늘은 까야 할 마늘이 좀 많아 보였다. 깨끗하게 마늘을 까고 다시 자루에 넣고 웃돈을 받아 식당을 하는 이웃집에 넘긴다. 대체로 그런 경로로 엄마는 마늘이나 생밤을 손질했다. 아직 노동이 남아 있는 노년의 삶이다. 그래선지 늙어 가면서 부끄러움이 늘어나는 것이 마늘의 속껍질을 까는 것과 같은 것처럼 느껴졌다.

낮인데도 방 안은 어두웠다. 불을 켜야 할 것 같았다. 구름이 창문가에 펼쳐진 이불자락처럼 방 안을 어둡게 덮고 있었다. 십오 년이 넘은 도배지는 누렇고 거무칙칙하게 변했고 얼룩으로 가득한 벽지가 방을 둘러싸고 있었다. 새삼 그 방 안의 풍경은 늙은 부모의 살갗처럼 익숙하고도 낯설었다. 벽에는 오래된 사진들이 액자에 담겨 십 년도 넘게 걸려 있고 한자로 쓰인 액자는 마치 그런 것이 있다는 것조차 잊은 듯 자리 잡고 있었다. 액자 속의 글귀는 '봄볕이 선한 인자의 집에 먼저 머문다'라는 내용의 한자와, 늘 뜻대로 일이 잘 이루어지라는 '길상여의'라는 글귀였다. 누렇게 퇴색된 글들은 어두운 집과 묘한 대비를 이루었다.

"어디 불을 좀 켜봐요. 오랜만에 얘도 와 있는데."

엄마가 타이르듯 먼저 낮게 소리 질렀다. 아무도 없는 방 안에서 소리가 울려 나온 듯 불을 켜라는 엄마의 말은 웅웅 울렸다. 어두운 거실에서 콩 꼬투리를 까고 있는 엄마는 일어나기 싫어서 몇 번이고 눈이 시리다고 얘기했을 터인데, 아버지는 눈이 시린 이유를 그냥 덮어 두고 있었을 것이다. 엄마는 아버지에게 무슨 말을 할 때 힌트를 잘 주지 않았다. '그냥 척 하면 알아차려야지, 그것도 몰라?'라는 게 엄마의 지론이었다. 말을 해서 아버지가 모를 때면 엄마는 아버지가 스스로 알 때까지 그냥 두었다. 그래도 모르면 모르는 대로 끝까지 내버려두었다. 그건 늘 '척 하면 삼천리'라는 엄마 나름의 인생관을 담은 말이었다. 콕 집어 조근조근 따져야 하는 아버지에게 엄마는 앞뒤를 획획 뛰어넘는 비약의 화법으로 말했다. 늘 앞질러 가는 엄마의 말을 아버지는 뒤에서 주워 담았다.

콩은 엄마가 수확하는 작물이었다. 집 옆 넓은 빈터에다가 콩을 심고 콩을 따다가 시장에 조금씩 내다 팔아 용돈에 보태거나 했다. 거둬들인 콩을 삶아 냉동실에 얼려 두고두고 콩국수를 만들거나 두부를 만들기도 했다. 콩이 박힌 시루떡을 쪄 먹으며 또 밥솥에서 뜸을 들인 청국장을 만들어 내면서 엄마는 자신이 키운 콩들을 예찬했다. 언제부턴가 엄마는 세상 어느 무엇보다도 자신이 수확한 콩을 가장 예뻐했다. 예순이 훌쩍 넘어 이제야 사랑할 상대를 만난 사람처럼 콩 키우기에 열심이었다. 하기는 이제 엄마의 손마디에서 한 알 한 알 다듬어져야 할 것은 콩이었지 우리 남매가 아니었다.

꼬투리에서 나온 콩은 연보라색이거나 진보라거나 자주보라색이거나 그 모든 것이 섞여 있거나 그랬다. 한 톨 한 톨 떨어져 내리는 콩알의 보랏빛 얼룩은 크기와 색깔이 조금씩 차이가 났다. 마치 보석을 톡톡 부수어서 손안에 쥐고 있다가 던져 놓은 것 같았다. 보랏빛 콩은 오래전 젊은 날 엄마가 가지고 있었던 반지 색깔 비슷했다. 하얀 십자 모양의 별이 박혀 있던 스타루비. 흰 별을 보라며 내 눈앞에서 높이 들어올려 보여줬던 그 반지를 떠올렸다. 모조품이기는 해도 엄마에게도 스타루비를 끼던 때가 있었다. 지금은 어디로 팔려가 버렸는지 알 수 없지만 그 반지는 꽤 오랫동안 엄마의 정장한 옷차림의 끝마무리로 애용되었던 것이다. 루비의 빛은 비둘기의 핏빛이 가장 값진 거라고 엄마는 말했다. 연약한 비둘기의 더러워진 빨간 발가락이 떠오른다. 그리고 '어째 네 결혼 패물에 루비가 없다니? 루비는 부부간의 애정이라는데…….' 내 결혼식을 앞두고 들어온 함을 보고 조그맣게 말하던 누군가의 목소리도 떠올랐다. 비둘기라니 끔찍했다.

텔레비전에서 노랫소리가 흘러나왔다. 노년층을 위한 트로트 부르기 경연대회가 열리고 있는 채널이었다. 그곳에 나온 늙은 여자들은 모두 한결같이 반짝이는 옷에 연산홍 꽃 색깔로 입술을 바르고 손뼉을 치고 즐거워하고 있었다. 한 번밖에 없는 인생 즐겁게 노래하는 게 최고라며 소녀들처럼 까르르 목소리를 높였다. 그런데 아버지는 늙어 가며 부끄러운 것이 많다고 중얼거렸다. 부끄러움이 많은 아버지는 볼 때마다 마늘을 까고 있었다. 아버지가 까는 마늘은 해를 묵힌 저장용이라 바짝 마른 마늘에 붙은 얇은 막은 잘 떨어지지 않았다. 아버지는 약간 부들부들 떨리는 손가락 끝을 집중해서 세밀하게 얇은 막을 벗겨낸다. 손끝이 마늘의 미끄러운 표면을 꼭 잡아채고 느리게 움직인다. 마늘은 아주 반들반들해져서 늙은 아버지의 손을 벗어난다. 할 일도 없이 심심한데 돈도 벌고 반찬값도 굳히고 일석이조라며 좋아라 하던 엄마의 마늘 까기는 언제부턴가 아버지 차지가 되었다. 엄마는 어디서든 돈이 되는 일을 잘 찾아냈다. 엄마는 꼬투리를 쫙 벌려 재빠르게 콩을 까내며 아버지의 말 한 마디마다 아버지가 저지른 지난 일들을 여지없이 발라낸다. 까맣게 잊고 있었던 지난 모든 일들이 꼬투리 속의 콩들처럼 떨어진다. 그러거나 말거나 아버지는 아버지대로 엄마 옆에 앉아 엄마의 기억을 고쳐 대고 있었다. 그러고 보면 아버지는 엄마의 콩깍지고 엄마는 아버지의 마늘인지도 모른다. 아버지는 엄마의 화장대 거울에 자신의 모습을 스윽 올려다본다.

"그러게 당신 코가 빨개졌어요. 그리고 길어지네요."

아버지는 울컥하면 자주 코가 붉어졌다. 늙어 가면서 마음이 흔들리는 일들이 많아지고 눈보다 먼저 코가 붉어졌다. 이제 아버지는 끝났다. 비밀이라고는 하나도 남아 있지 않게 되었는지 모른다.

"네 할아버지는 늙으면서 귀가 길어지더구나. 그래도 소리는 잘 듣지 못했지. 일찍 귀를 잡수셨어."

엄마는 잘 생각나지도 않는 큰 집의 할아버지 얘기를 태연하게 했다. 이제 실체는 없고 이야기로 만 남은 사람들이 줄줄이 떠올랐다.

"사람은 나이 들면 뭐든 하나씩 늘어나 축 처져 버린다."

축 늘어진 젖가슴을 싸구려 브래지어에 밀어 올리며 엄마는 말했다.

"너희 막내숙모는 몇 년 전에 벌써 얼굴을 조금씩 성형하지 않았니? 하네, 마네 해도 지금 보니까 젊어 보이기는 하더라. 돈이 인생을 다시 만드는 거는 맞다."

엄마의 발치에 놓인 콩은 때로 쥐눈이콩이거나 작두콩이기도 했다. 보랏빛 얼룩이콩은 이번에 처음 수확했다. 엄마는 이제 아버지를 두고 잘못을 인정하라고 말하지 않는다. 악착같이 남들 돈 벌 때 벌지 못한 아버지다. 그래서 이제 방송에서 노인 인구니 고령화 사회니 하는 소리만 들어도 눈을 부릅뜨고 정부 시책을 바라보는 것을 어찌 하겠는가? 그저 '척 하면 삼천리'로 알아듣고 고개를 주억거리는 것뿐이다.

"김 사장이 갑자기 죽었지 뭐니. 그리 돈도 많고 오래 살 것같이 건강하더니."

시골 장에 다니며 이약이니 쥐약이니 하고 약을 팔며 돈을 모은 엄마 친구의 남편은 시내 번화한 네거리에 커다란 약국 점포를 가지고 있었다고 했다.

"그러고 보면 인생 모두 샘샘이다. 돈이 많아도 명줄은 살 수 없으니."

콩 까기를 마친 엄마는 작은 밥상에 그릇 가득 국수를 말아 왔다. 멸치 다시 냄새가 오래전부터 진하게 부엌을 감돌았다.

"네가 온다고 해서 벌써 다시 국물을 끓이고 있었지."

국수의 면발은 조금 불어서 퉁퉁했고 고명이라고는 초록빛으로 잘 데쳐 무친 정구지 나물이 전부다. 풋고추와 마늘, 고춧가루를 듬뿍 넣은 양념장을 넣어서 아버지는 맛있게 국물을 들이켰다.

"국물은 네 엄마가 잘 끓인다. 오래 고는 거는 뭐든 잘했지. 곰국이든 장엇국이든."

엄마의 옷이 벌어져 있었다. 언제부턴가 자꾸 눈에 보였다. 앞섶을 잘 꾸며 여민다고 하지만 집 안에서 입는 옷에는 자주 단추가 벌어져 옷자락이 벌어졌다.

"내가 국수를 해달라 해도 안 하더니 니가 온다니까 말아 주는구나."

섭섭한 기색 하나 없이 푸념하는 아버지는 바짓가랑이에 양념장이 떨어지지 않도록 천천히 떠 넣었다. 아버지는 조바심을 내며 주위를 둘러보았다. 엄마의 발치에 놓인 양은 양푼에 가득 담긴 보랏빛 얼룩무늬 콩들이 죄다 떼룩거리는 눈동자가 되어 아버지의 면면을 살피고 있는 듯했다. 그렇게 등을 돌리고 아버지를 외면하듯 하던 엄마도 어쩌면 저런 얼룩무늬 콩알이 되어 교묘하게 아버지의 뒤통수를 살피고 있었는지 모른다.

"그래 이번에는 실적이 좀 좋아졌니?"

후루룩거리며 국수를 먹고 있는 너머로 엄마가 물었다. 목에 뭔가 건더기가 걸렸다. 정구지 나물은 길어서 한 번씩 목에 걸리기도 잘했다. 전화로 먼저 얘기는 했지만 일단 국수를 다 먹고 나서 자세한 얘기를 하려고 했다. 어차피 한 집안에 보험에 관련된 사람이 있으면 가족들과 친척들이 먼저 고객이 되는 게 순서다. 피할 수 없으면 즐겨야 한다는 것. 귀에 딱지가 앉도록 들었다. 연수니 워크숍이니 세미나니 그 어떤 이름을 붙인 미팅에서도 그 딱지가 앉은 말을 듣고 또 들었다.

"보험도 이제 사람들이 생각하는 것과 달라졌어요. 엄마!" 입속으로 우물거리는 소리는 국숫발에 감겨 버렸다. 연세 든 노인을 위한 치매사망보험이었다. 집에 들어와 그냥 콩깍지만 보고 앉아 있는 나를 엄마는 한눈에 척 알아보았는지 모른다.

"그럼 죽은 뒤에 얼마를 받는다는 거냐?"

오랜만에 본 엄마 앞에서 보험 약관을 들추며 딱 부러지게 설명을 하기는 싫었다. 엄마는 오래전 동생의 교육보험을 들었다가 보험사 여자에게 사기를 당하고 나서 보험은 돌아보지도 않았다.

"그냥 내가 돈을 넣어주고 엄마는 주민번호만 대주는 셈 치면 돼."

"내가 아는 사람은 보험 넣고 나서 죄다 병에 잘 걸리더라. 이상하지."

국숫발을 이빨로 끊어 내며 엄마는 시큰둥하게 말했다. 하필이면 너는 그런 일을 하고 있니 하는 말이 은연중에 깔려 있는지 모른다. 하지만 하필 그 일이 자신이 꼭 해야 하는 일이 되었을 때는 어쩔 수 없는 것이다. 어떤 말이라도 들을 수 있고 어떤 대답이라도 준비해 두어야 하는 게 재무설계사라는 일이지만, 아직 몸에 익지 않은 일이라 가끔 멍해지기도 했다. 엄마는 친척 몇몇에게도 재무설계를 받아보라고 말을 해놓았을 것이다. 그래서 예순여덟의 엄마는 서랍장을 뒤적거리며 도장을 찾아와서 콩깍지를 쌓아 놓은 방바닥에 엎드려 도장을 꾹 눌렀다. 이로써 나는 두어 달 만에 다섯 명의 고객을 확보하고 계약서를 쓰게 되었다. '피할 수 없으면 즐겨라.' 이건 좀 더 일찍 내가 명심했어야 하는 말이었다.

이층 방은 오래도록 쓰지 않았지만 깨끗이 청소되어 있었다. 결혼 전에 나는 이 방에서 지냈다. 이곳에서 음악을 듣고 잠이 들고는 했다. 건축업자가 엄마를 꼬드겨서 옥상이었던 곳을 방으로 개축했었다. 좁은 집에 그나마 이층의 작은 방을 만들었을 때 내가 제일 좋아했다. 그러나 방은 여름에는 덥고 겨울에는 역시나 춥고 그랬다. 하지만 가을에는 지내기가 그만이었다. 근처 산에서 불어오는 바람과 집터 주변에서 들리는 벌레 소리. 무엇보다 나만의 방에서 아무도 없이 지낼 수 있다는 것이 좋았다. 결혼을 하고 내가 나가자 비어 있는 방에 한동안 월세를 살던 사람도 있었지만 이제는 비어 있었다.

"애는 혼자서 집에 잘 있다니?"

오학년인 딸아이는 학원을 두 군데 들르고 늦은 저녁에야 돌아왔다. 다행히도 제 공부를 잘해 주고 제 아빠의 가출에 대해 불만을 말하지 않는다. 그러면 됐지 싶었다. 회사로부터 구조 조정을 당한 남편이 친구가 있다는 시골로 내려가 버린 것은 그렇다 쳐도 문제는 있었다. 모든 사람들에게 다 적용되는 것. 그건 먹고 사는

데 드는 돈이었다.

"여기서 한숨 자고 가거라. 불을 끄고 있어라. 여긴 보일러도 이제 끊어졌어."

엄마는 내 가방 옆에다 까놓은 콩이며 마늘이며 매실즙 그리고 콩자반과 명태포무침 등 밑반찬을 비닐봉지에 넣어 한 뭉텅이 가져다 놓았다. 한 번씩 들를 때마다 나는 이곳에서 반찬과 낮잠을 받아 가는 셈이었다.

"걔네들 이번에는 나가기로 되었다는구나."

불을 끄고 나가려는 엄마는 슬그머니 주저앉았다. 동생네 이야기를 꺼내는 것은 어쩌면 남편 이야기를 듣고 싶은 까닭이었다. 동생은 사 년 계약으로 베트남 공장의 관리직으로 나간다고 했다. 명절에 한 번씩 만날 때 동생네가 가져다주던 운동화를 나는 잘도 신고 다녔다. '나이키 운동화는 세계가 만들어.' 걸어 다닐 때마다 동생이 하던 소리를 떠올렸다.

"고생이야 하겠지만 그래도 제 앞길 찾아가니 마음이 놓인다. 옛날에 네 아버지도 사우디 나갈 기회가 있었는데 그냥 집에서 먼 곳은 나가지 않겠다고 했다더구나."

"사람은 변하지 않아요. 멀리 나가지 못하는 사람은 그냥 그대로 둬야지."

시시한 얘기라서 그만둔다. 남편 얘기를 하다 보면 똑같은 지점에서 화를 내는 내가 우스워져서 더 이상 할 수가 없다.

"잠을 자야 하거든. 엄마, 내가 원래 여기에서는 잠을 잘 잤으니까."

아주 동그랗게 몸을 말아 베개를 얼굴에 가져다 댔다. 짧은 잠만 잘 뿐이다. 때때로 이틀이나 사흘 이어지는 불면은 그 어떤 것보다 나 자신을 나약하고 비루하게 만들었다. 나는 잠을 이루려고 초조하게 밤을 새우기도 했다. 그러다 아침이 오면 감당할 수 없는 현실이 천근만근 몸을 짓누른다. 그러고 보니 나의 좋았던 때는 이 좁은 방에서 비 오는 소리를 들으며 심야 라디오를 들을 때가 아니었을까 싶었다. 무엇이 될 건지도 자신이 무엇을 원하는지도 모르던 스무 살 적. 낯모르는 남자 아이에게 받은 고작 한두 통의 연애편지에 달떠 있던 그런 시절. 좁고 추웠던 방도 낭만적인 세상으로 여행을 떠나는 여행선인 듯 느껴지던 그런 때 말이다. 그렇지만 아마 나의 행복한 시절 동안에도 아버지와 엄마는 지금의 나의 모습과 다름없이 서로 견뎌 내느라 등을 돌리고 앉아 있었을지도 모른다. 아버지는 아직도 마늘을 까고 있는지 아래층 거실에 오도카니 앉아 있었다. 어디로도 떠나지 않는 아버지가 그렇게 앉아 있는 게 낯설었다. 아버지의 자장가가 들린다. 집안의 오래된 벽 어디선가 울리는 소음이 다시 그 위를 덮었다.

아버지가 부르던 노래는 흘러간 옛 노래다. 사람들은 하숙생처럼 잠깐 세든 방에 몸을 맡겼다가 사라지는 인생을 노래한다. 그리고 아버지의 노래도 흘러간다. 아버지는 어느 날 시멘트를 바른 마당가에 의자를 놓고 앉아서 기타를 치며 노래를 불렀다. 그때의 사진이 남아선지 장면이 기억이 난다. 밝고 명랑한 노래는 아니었다. 노래의 가사는 뚜렷하게 기억나지 않지만 '불 꺼진 항구다. 물 없는 사막이다.'라는 이상한 가사의 노래였다. 그때 아버지는 자주 노래를 했다. 그리고 아버지는 저녁나절이면 동생을 업고 느린 걸음으로 방 안을 서성이며 포대기 속에서 잠들지 않고 뻗대는 동생을 잠재우고는 했다. 자장가는 분명 아홉 살 난 내 귀에도 우리나라 노래가 아니라고 느껴진다. 단조의 그 독특한 노래는 돌림노래처럼 길게 이어졌다. 그래선지 마치 아버지가 끝까지 부르지 못해 한두 소절을 한없이 반복하는 것처럼 느껴졌다.

넨네는 고로리요 오코 노리요
보야와 요이꼬다 네넨시나

노래는 자꾸 반복된다. 그 자장가를 떠올리면 그때 방바닥에 깔려 있던 하늘빛 아기 이불이 떠오른다. 노란 장판 위 하늘색 이불 위에 누워 있던 동생도 또렷하다. 아버지가 어린 동생을 얼렀다. 동생은 어디가 불편한지 잘 울었다. 그러면 동생을 업고 그 자장가를 부른다. 느리고 낮은 저음으로 부르는 노래는 조금 우스꽝스럽다.

밖에는 비가 온다. 학교에서 돌아온 나는 아버지가 부엌에서 우유를 타기 위해 물을 데우는 것을 본다. 그럴 때도 아버지는 흥얼거린다. 비는 집의 지붕 위 슬레이트 위를 미끄러져 쏟아진다. 비가 오자 방 안의 우유 냄새가 더 진해진다. 우유를 다 먹인 아버지는 어린 동생을 세워 트림을 시키고 푸른색 포대기로 동생을 업었다.

'넨네는 고로리요 오코 노리요가 무슨 노래예요? 나도 가르쳐 줘요.' 분명 그렇게 졸랐을 테지만 따라 불렀는지는 모르겠다. 아버지는 천천히 방 안을 돌기만 한다. 아버지에게도 지겹고 견디기 힘든 시간이었을 거다. 아버지는 동생을 업고 밖으로 나가지 않는다. 아버지가 실직을 해서 하루 종일 집 안에 있다는 것을 엄마는 어느 누구에게도 알리고 싶지 않았을 거다. 엄마는 자장가를 부르지 않았다. 그냥 동생을 재웠다. 아버지는 몇 번이고 돌림노래로 자장가를 불렀다. 방 안에는 기저귀가 휘장처럼 옷걸이에 걸려 있다. 분유통이며 젖병이, 딸랑이가 아버지의 가죽 장갑과 함께 뒹굴고 있었다. 보드라운 면 수건과 차곡차곡 쌓인 천기저귀가 아버지의 낡은 서류 봉투와 함께 뒹굴고 있었다. 아버지의 물건들이 조금씩 사라졌다. 그래도 아버지는 화를 내지 않았다. 동생을 돌보는 일 외에 그때 아버지에게는 일이 없었다. 대신 엄마가 일을 하러 갔었다. 나는 아버지 옆에서 우유병의 눈금을 재고 흔들기도 했다. 아버지가 제대로 잘하고 있나 늘 신경을 곤두세워 바라보고는 했다. 아버지는 동생이 울면 당황해서 땀을 뻘뻘 흘렸다. 아버지는 그렇게 동생을 업고 라디오를 듣기도 하고 석간신문을 읽기도 했다. 다시 기억해도 아버지의 자장가는 구슬픈 단조의 이상한 음의 배합을 가지고 있었다. 마치 기울어진 바가지에서 천천히 물이 새 나가듯 가슴에 저려왔다.

넨네는 고로리요 오코로리요
보야와 요이꼬다 넨넨시나

보야노 오모리와 도꼬에 이따

아노 아마 코에떼 사토에 이따

상상해 본다면 그 노래는 아마 일본에서 들었던 노래일 것이다. 아버지는 어린 시절 일본에 있었다. 아무것도 가진 것 없이 돈을 벌러 간 할아버지는 철로변에서 노동을 했는지 모른다. 그래서 혼자 남은 어린 아버지에게 이웃의 일본 노파가 이 노래를 가르쳐 주었을지도 모른다. 그리고 요즘에 와서 어이없는 생각이 들었다. 아버지는 그때 자장가 없이 어떻게 그 시간을 견뎌냈을까? 어차피 이건 나의 생각일 뿐이다. 노래는 이런 내용이었다.

잘 자라 우리 아기야

아기는 착한 아기지 잘 자라

아기의 엄마는 어디에 갔나

저 산 너머 고향에 갔다

고향의 선물은 무얼 받았나

둥둥 큰 북에 생황 피리

오랜 시간이 지나서 아버지의 일본 자장가가 이런 뜻의 노래였다는 것을 알게 되었다. 자장가 속의 엄마는 아기와 함께 있지 않았다. 아기의 엄마는 아기를 떠나 엄마의 산 너머 고향으로 가버렸다. 고향에서 큰 북과 생황피리를 불고 엄마도 어린 시절로 돌아가

놀고 싶었을 것이다. 나는 그렇게 자장가를 해석했다. 아이에게 들려주는 자장가치고는 불안한 잠을 자게 만들고 눈을 또렷하게 뜨고 제 엄마를 지켜보게 만드는 그런 노래 같았다. 아버지가 동생을 재우고 키우는 동안 엄마는 아침이면 가방을 들고 밖으로 나갔다. 실직한 아버지를 대신해서 엄마는 이른 아침 나보다 일찍 출근을 해야 했다. 새벽녘 아궁이에 서성이며 찌개를 끓여 놓고 바쁘게 말이다. 그럴 수 있을까? 삼십 년도 더 전에 엄마는 무슨 일을 했을까? 엄마는 그것에 대해 자세히 이야기해 주지 않았다. 그때 학교 갈 준비를 하면서 신발장에 남은 아버지의 낡은 구두를 보았다. 낡고 손질되지 않은 채 굴러다니는 구두는 주인의 휴식을 말하고 있었다. 그러는 동안 엄마의 구두는 한두 켤레 늘어났고 엄마의 하얀 구두는 매일 깨끗이 닦여 있었다. 학교에서 들려오는 아침 등교를 위한 노랫소리를 들으며 딱 한 가지 생각이 들었다. 아버지가 없는 아이의 세상은 어떨까? 아버지가 가출해 버린 집안의 아이. 멀리 외국으로 돈을 벌러 간 아버지를 가진 아이. 그리고 술에 취해 가족에게 행패를 부리는 아버지를 숲에 버리고 달아난 집의 아이. 세상에 있는 모든 그렇고 그런 아버지들을 생각했다. 그런 생각만으로 나는 조용한 아이가 되었다. 어떻게 하면 아버지가 아침이면 집안에서 요술처럼 사라져 일을 하러 갈 수 있을까? 아버지가 자장가를 부르며 동생을 업어 주던 그 몇 달 동안 나는 내 마음속으로 묻지도 않은 거짓말을 하고 다녔다. '아버지는 일본에 가셨어요. 일본에서 자주 편지가 왔어요. 넨네는 잘 자라라는 인사예요.' 하지만 친구들 중 어떤 아이도 우리 집에 놀러 오지 않았고 거짓말을 할 일은 없었다.

그러나 이후 이상하게도 아버지가 불러 주는 자장가를 듣고 싶어지는 날이 있었다. 대학교 때 첫사랑에 어이없이 바람맞았을 때도 그랬고, 직장 생활 중 좋아하던 직원에게 연인이 있다는 것을 알게 되었을 때도 그랬다. 세상이 만만하지 않다는 것을 자장가를 잊은 후에 알게 되었다. 자장가를 부르던 아버지의 딸이라는 변하지 않는 사실. 어쩌면 나는 아버지를 미워한 벌로 아버지같이 무능한 사람을 만날지도 모른다는 사실이 때때로 두려웠다.

불면의 밤은 아니다. 잠을 못 잔다면 때때로 몇 알의 수면제로 벌겋게 들쑤셔진 잠 속을 자맥질해 들어가기도 했다. 편안하고 달콤한 꿈. 몽글몽글 피어나는 저 콩을 삶는 증기처럼 편안하게 감싸 주는 그런 잠을 자고 싶었다. 늙은 아버지가 부르는 그때의 자장가를 듣고 싶었다.

남편은 삼 년 전부터 사실상 실직의 수순을 밟았다. 십 년을 다닌 직장에서 기세 좋게 사표를 쓰고 나올 때, 남편은 사장의 아둔함과 동료들의 속물적인 말투와 회사 관행의 부당함을 자주 입에 올렸다. 다시 계약직으로 취직한 회사는 지방의 영세한 신문사였고 곧 다른 이사장을 영입하면서 다른 신문사와 통합이 되어 버렸다. 남편은 퇴직 전문가, 직장에서 맨 먼저 사직서를 쓰는 사람이었다. 사표를 내고 남편이 들고 온 것은 커다란 검은 비닐 봉투 하나였다. 그 속에는 이전 사무실에서 신던 검은 샌들과 머그잔과 그리고 몇 권의 책과 칫솔이 들어 있었다. 집에 들어온 남편은 사나흘 간 꼼짝도 없이 잠을 자기 일쑤였다. 그러니까 사직서는 남편에게 가장 흔한 일이었고 승진이라든가 인사고가라든가 하는 것은 남편과는 거리가 먼 얘기였다. 남편의 그런 모습은 삼십 년 전의 아버지와 닮았다. 사람은 달라지지만 인간의 삶의 구조는 그대로 이어진다. 밥벌이를 하거나 실직을 하거나 그리고 그것에 흔들리며 살아가는 가족이 있다는 것.

"요즘은 보험회사 컨설턴트가 얼마나 괜찮은지 모르고 있니?"

친구는 두어 번 권유했다.

"다들 우리 나이 때가 되면 세상 밖으로 나와서 일을 한다구."

보험 회사 재무설계사 이 년 경력의 친구는 나의 고등학교 친구였다. 친구는 물결 모양이 돋보이는 커다란 신형 차를 타고 나타났다.

"다들 다르게 살 것 같지? 안 그래. 사는 거 다 똑같아. 뒤집어 보면 조금 먼저냐 아니냐 그거야."

그렇게 말하는 친구는 보험업계의 퀸이 되어 있었다. 먼저냐 뒤냐 하는 모호한 말은 그녀의 고백처럼 들렸다. 오래 미루어 왔던 이혼을 하고 딸을 혼자 키우는 친구의 고백은 들을수록 고개가 끄덕여졌다.

"모두 똑같은 것을 경험한다고 봐. 먼저 매를 맞느냐 뒤에 맞느냐, 그 차이."

하기는 결혼을 할 때도 누군가 말했고 사직서를 쓸 때도 남편은 그렇게 말했다. 하지만 수습 기간이 지나 몇 달 동안은 엄마의 닭여 있던 흰 구두를 떠올렸다. 아버지의 자장가도 떠올렸다. 실적이 없을 때는 타율이 저조한 마이너리그의 야구선수가 매번 삼진 아웃을 당하는 모습을 떠올렸다. 가끔 쳤다 하면 플라이 아웃 정도인 시절. 그 모습 뒤에는 연봉도 없이 뛰는 언더그라운드 퇴직 전문인 남편이 있었다.

　비어 있는 방이었다. 벽에는 옷을 걸던 못이 그대로 하나 박혀 있다. 밖에는 아직 텔레비전 소리가 들렸다. 아버지는 아직도 다 못 깐 마늘을 손질하고 있는지 모른다. 한 삼십 분 잠들었을까 했는데 훌쩍 두 시간이 넘어버렸다. 잠이 든 게 아니라 잠깐 죽은 듯 누워 있었던 것 같다. 아래층에서 냉장고의 웅웅거리는 소리도 들려온다. 아버지와 엄마는 마치 서로 없는 사람인 듯 아무런 소리가 없다. 아날로그 29인치 텔레비전과 낡은 냉장고만이 웅웅, 쿨럭쿨럭 대화를 하고 있는 집안이다. 엄마가 리본이 달린 하이힐을 신고 산을 넘어간다. 남편의 얼굴이 늙어서 마늘을 까는 아버지처럼 변해 버릴 것도 같다. 그리고 동생 대신 아버지 등에 업혀 어린 시절 학교의 진흙길을 건너가고 있는 내 모습도 보인다. 아버지는 비가 쏟아지는 날 학교 운동장 계단에서 나를 기다리고 있었다. 나는 아버지를 보며 부끄러웠다. 다른 이유가 없었다. 일본에 가 있어야 할 아버지가 우산을 받쳐 들고 나를 기다리고 있었으니까. 아홉 살의 나는 비 오는 학교의 운동장 길을 무서워했다. 비만 오면 길은 뻘로 바뀌었고 진흙이 운동화를 집어삼켰다. 아버지는 나를 기다리며 등을 내밀었다. 동생을 재워놓고 아버지는 장화를 신고 왔다.

아버지는 아무 말도 하지 않고 나를 업었다. 우산을 든 아버지의 등에서 온기가 느껴져 왔다. 진흙 위를 조심조심 골라 걷는 아버지는 자장가를 부르며 걷듯 부드럽게 나를 데려 왔다.

오랜 시간이 지나 어릴 적 아버지가 등에 업고 키웠던 동생은 아쉽게도 그 자장가를 기억하지 못한다. 아버지의 자장가를 기억하지 못하는 동생은, 그래서 아버지를 쉽게 떠날 수 있었다.

"아버지, 그때 그 자장가를 한 번만 불러주세요."

아버지의 등에서 내린 지금의 나는 지난날의 아버지에게 부탁을 한다. 아버지는 느리게 자장가를 부른다. 들리는 노래는 멜로디를 놓친 트로트 같다. 늘어진 테이프의 긴 여운을 기다리며 귀를 활짝 연다. 아버지가 가난한 시절에 부르던 자장가를 다시 들려준다. 어쩌면 지금의 내게 아버지의 노래가 더 필요한지 모른다.

이제 늙은 아버지는 천천히 마늘을 까거나 라디오를 고치거나 벽의 못을 뽑으며 산다. 어두운 구름이 창가를 덮고 있는 집에서 엄마는 보랏빛 콩을 수도 없이 쏟아내 놓는다. 콩 한 알, 콩 두 알. 그러는 사이 아버지는 마늘 한 쪽 마늘 두 쪽을 가르며 까놓는다. 이래저래 엄마 말대로, 사는 것은 모두 샘샘이고, 부끄러운 것이 많아지는 것은 살아온 시간이 많아서다. 아버지는 알고 있었을까? 낮은 음성으로 느리게 부르던 그 자장가를 먼 훗날 내가 그리워하게 될 거라는 것을. 그러고 보면 아버지는 내게 자장가로 남는 단 한 사람이다.

나의 펄 시 스 터 즈

그때 세상은 두 갈래로 갈라져 있었다. 남자 애들의 손에 들려 있던 두툼한 딱지의 별이 아무리 많아도 홀 아니면 짝으로 나뉘던 것처럼. 낮과 밤이 교차할 때마다 초량시장 메리야스 가게의 셔터 문을 열고 닫아야 하는 두 가지 일이 엄마에게 존재했던 것처럼. 해가 뜨거나 달이 뜨거나 간에 말이다. 내가 아는 길을 걷다 보면 길은 두 갈래로 나누어졌다. 초량시장 윗길을 지나 구봉산으로 뻗은 산복도로의 길과, 시장 아래에서 부산역으로 이어지던 길목, 노랑내가 난다는 텍사스촌으로 가는 길이다. 세상이 두 갈래로 갈라진 것을 알게 된 그때 나는 열두 살이었고, 그걸 알려준 아이는 선미였다. 그애는 나의 펄 시스터즈였다.

비가 오는 유월의 어느 날이었다. 비가 흩뿌릴 때마다 선미의 집 아래채에서는 낮은 라디오 소리와 여자의 울음소리가 들려왔다.

끊어질 듯 이어지는 그 두 연속된 소리는 마치 꿈결 속에 들리는 듯 어떤 두 가지 영상들을 재현했다. 누군가 라디오에서 흘러나오는 음악을 틀어놓고 거기에 맞춰 무언극처럼 다투고 있는 모습을 말이다. 학교를 마치고 처음 선미의 집 대문에 들어섰을 때 들었던 그 라디오 음악 소리와 울음소리는 늘 그곳에는 알 수 없는 두 개의 세상이 단단히 함께 숨어 있다는 느낌을 주었다. 선미는 아무렇지도 않은 듯 나를 다락방으로 이끌었다. 자꾸 의식하게 된 두 가지 소리의 어울림은 허기를 몰고 왔다.

선미의 집은 산복도로의 층층 계단이 이어진 높은 지대의 단층집이었다. 좁고 높은 곳에 지어진 산복도로의 집들은 이끼 낀 옹벽과 담을 끼고 머리를 숙여야 할 만큼 작고 초라한 대문들을 가지고 있었다. 걱정과 근심의 무게인양 집들은 다 그렇게 위태로운 삼층집같이 보였다. 하지만 나의 눈에 선미의 집은 아무리 옹벽 틈으로 한 번씩 더러운 하수구 물이 쏟아졌다 해도 그곳만큼은 푸른 이끼로 덮인 성처럼 느껴졌다. 누추하고 보잘것없는 집이라도 문을 열고 그 내부로 들어서면 그곳에는 오직 하나뿐인 그곳만의 풍경이 있었다.

다락방의 창가에서 선미와 머리를 맞대고 숙제를 하다가 음악소리에 묻힌 어떤 여자의 울음소리를 듣고 서로 빤히 쳐다보는 일이 나와 선미, 우리 펄 시스터즈의 시작이었다. '누가 자꾸만 울고 있네.' 일부러 그런 것처럼 내가 중얼거리자 '응. 노래는 펄 시스터즈네.'라며 선미가 대꾸했다. 우리는 하염없이 내리는 비를 바라보왔다. 음악은 슬픔을 핥아먹듯 천천히 들려왔다.

멀리 비에 젖은 부산항이 스케치북 한 장의 얼룩덜룩한 그림처럼 펼쳐져 있었다. 산복도로의 집은 아주 먼 곳을 바라볼 수 있어서 좋았다. 선미는 아랫방에 사는 그들이 늘 부부 싸움을 한다고 툴툴거렸다. 도대체 알 수 없는 끝나지 않는 애정 행각이라고 말했다.

"저 이모도 텍사스촌에서 일한대."

"텍사스?"

선미가 텍사스라고 말하자 내 머릿속에는 언젠가 본 황량한 서부의 사막이 떠올랐다. 나의 하나뿐인 외삼촌이 즐겨 신던 가죽부츠가 익숙한 곳, 카우보이들이 말을 타고 달리고 있는 곳. 사막과 선인장과 건조한 바람이 함께 어울리는 그곳은 미국 땅이었다.

"넌 아직 텍사스촌을 몰라? 난 가끔 그곳에 간다. 언니랑 같이. 그곳에 가면 미세스 킴이 반겨주지. 그 여자는 미국으로 여자 아이들을 데려가는 일을 한대."

선미는 공책에 텍사스촌으로 가는 지도를 그렸다. '잘 봐. 여기가 우리 학교고, 여기서 쭉 내려가면 삼일교회다. 그리고 여기는 부산고등학교, 그 아래로 보이는 초량시장을 지나서 우리는 일요일 텍사스촌에 간다.' 선미는 볼펜을 들고 지그재그로 줄을 긋다가 알고 있는 모든 곳에 점을 콕콕 찍었다. 지도는 훌륭했다. 둥글고 폭신한 빵처럼 보였다. 그 빵의 한가운데 도로가 그려지고 한쪽 끝 지점인 산복도로 선미의 집에서 가장 먼 곳에 위치한 텍사스촌이 줄그어져 있었다. 지도라니. 나는 아직 지도를 가진 적이 없었다. 어쩌면 저 지도 위의 줄과 점은 선미의 길인지 모른다. 일요일에 깨끗한 바지와 블라우스를 입고 학교 운동장을 곧장 걸어가 삼일교회에서 예배를 보고 난 후 초량시장의 건어물 가게를 지나 텍사스촌까지 걸어가는 선미와 그 언니의 모습이 보인다. 세상은 텍사스촌으로 이어지거나 산복도로로 연결되는 볼펜 자국 뚜렷한 두 개의 축을 가지고 있었다.

"난 진짜 혼자면 좋겠다. 그럼 입양이라도 되어서 미국에 갈 수 있을 텐데. 넌 어때?"

"그럼 넌 정말 텍사스로 갈지도 모르겠구나."

나는 말을 타고 달리는 선미를 떠올렸다. 아슬아슬하게 그네를 잘 타듯이 선미는 텍사스에서 말도 아주 잘 탈 것 같았다. 나는 순간 미국에 있는 텍사스와 초량동에 있는 텍사스촌을 함께 떠올렸다.

"아무튼 사람들은 텍사스촌을 너무 몰라. 우리 언니는 그곳이 밥이 나오고 돈이 나오는 데라고 했는데. 그런데 넌 어때? 텍사스에 한번 가고 싶어?"

이후 엄마는 텍사스촌에 대해 뭐라고 말했던가? 그때 나는 선미의 눈빛에 사로잡혀 고개를 끄덕거렸다. 나도 지도의 끝 텍사스촌으로 가보고 싶었다. 선미가 들려주는 텍사스촌 막다른 골목의 끝에서 꿈같이 열리는 어떤 번쩍이는 문으로 가보고 싶었다. 세상의 두 갈래 길이 뚜렷하게 보였다.

선미는 '발랑 까진 아이였다.'라는 게 친구들뿐 아니라 이웃 아줌마들 사이에 들리던 말이었다. 그 속에는 선미와 함께 놀지 말라거나 숙제 한답시고 그 집에 얼씬거리지 말라는 말이 포함되었다. 하지만 학교생활 내내 선미는 호명되기를 좋아하는 아이였고, 칠판 가득 낙서를 하면서 제 이름을 커다랗게 써놓기를 좋아하는 아이였다. 선미의 입속에는 늘 풍선껌이 가득했다. 수학 문제를 풀면서 그애는 딸기 맛이 나는 풍선껌을 몰래 불었다.

"나는 얼마 뒤에 여기를 떠날 거래. 언니를 따라 먼 곳으로 가서 살 거야."

작은 침대에 벌렁 몸을 누이고 선미는 나를 곁에 잡아끌었다. 침대의 얇은 이불 속에서 선미는 반쯤 벗은 바지 아래 삐져나온 팬티를 살짝 잡아채며 자신의 작은 팬티를 보여 주었다. '이것 예쁘지?' 메리야스 속옷이라면 나도 알 만큼 안다. 엄마는 시장 안 메리야스 가게에서 하루 종일 팬티와 브라를 팔고 있다. 하지만 사촌언니의 손바닥만 한 레이스 팬티를 몰래 입은 선미는 깊고 작은 물음표 같은 배꼽을 어루만진다.

"이건 비밀이지만 나는 노래하는 댄서가 될지도 몰라. 내가 뭐가 될 수 있을까? 자꾸 생각하다 보니 노래하는 댄서가 되면 딱 맞을 것 같다. 노래하는 댄서 말이야."

발랑 까진 선미도 물음표 같은 인생을 자꾸 생각하고 있었나 보다. 선미의 속삭임은 회전하는 목마처럼 중독을 가진다. 열두 살은 어떤 나이일까? 밖에서 불어온 바람과 안에서 지펴진 불이 만나 활활 타오르기 시작하는 나이였을까? 그렇다면 그동안의 나는 아무런 바람도 불도 없는 빈 아궁이였다. 오직 내 속에 든 선미라는 검은 불씨 같은 돌풍 외에는.

숙제를 하고 난 뒤면 선미는 나에게 기꺼이 노래를 가르쳐 주었다. 우리는 쌍둥이 자매처럼 거울 속에서 서로를 바라보듯 노래하고 춤을 췄다. 펄 시스터즈는 선미의 언니가 좋아하는 가수였고 그래서 선미도 펄 시스터즈의 노래만 흥얼거렸다. 선미의 노래는 모두 언니에게서 배운 것이다.

"조용히 해. 지금 누가 들어오고 있어."

귀를 기울이다가 다시 선미는 한숨을 내쉬었다. 요즘 선미는 툭하면 어떤 괴물에게 잡혀간 여자들의 이야기를 하고는 했다. 괴수와 금발의 여자들, 혹은 검은 얼굴의 거인과 하얀 얼굴의 창백한 여자들이었다. 선미가 말하는 두려움은 어둠이 가득 채워진 곳에서 괴물과 함께 갇혀 있고 잡아먹히지 않기 위해 잠들지 않고 버텨야 하는 여자애의 고통이었다. 괴물을 사로잡으려면 여자애가 중요하게 지켜야 하는 한 가지가 있다는 것이다. 그게 뭐야? 선미는 늘 입을 다물었다. 그애도 알 수 없는 일이었다. 가장 중요하게 지켜야 할 것이 뭔지 그 이후로도 두고두고 궁금증을 자아냈다. 선미의 사촌언니가 일한다는 텍사스촌의 일터는 어쩌면 검은 얼굴의 괴수가 채찍을 휘두르며 밤마다 동굴을 지키는 곳일 수도 있었다.

"노래를 불러라. 춤을 춰라. 춤추고 노래해라."

선미의 괴물은 선미를 괴롭히고 있었다. 선미는 자주 침대에서 나의 몸을 껴안고 잠들고는 했다. 어울려 공부를 한다며 함께 다닐 때부터 그랬다. 역사 속의 왕들의 업적을 외우다가 내가 가르쳐 주는 원의 면적을 풀어내다가 그렇게 선미는 나를 껴안고 나를 잠으로 이끌었다.

"왜 이렇게 잠이 오는 거지?"

선미의 눈동자는 간혹 잠과 꿈 사이에서 몽롱하게 깜빡거렸다. 선미의 집에서 놀다 보면 나도 잠이 쏟아졌다. 누군가의 말처럼 선미 집에는 잠드는 약을 풀어 놓은 물이 수도관을 타고 흐르는지 모른다. 잠드는 약을 뿌려 놓은 과자가 있고 잠드는 약이 군데군데 발라진 가구들이 있는지 모른다. 그래서일까? 선미는 수업 시간에 자주 졸았다. 얼굴에는 늘 잠이 번져 눈을 뜨는 둥 마는 둥 했다. 오늘도 수업 시간에 졸았다고 손바닥을 서너 차례 맞고 벌을 서고 쌍욕을 들었다. 내내 기운이 빠져 있던 선미는 수업이 끝나자마자 나를 부른다. 우리는 함께 그네를 한두 번 타고 학교의 뒷문을 통해 쓰레기 소각장 옆을 지나 산복도로로 빠져 나온다. 그리고 선미의 다락방에서 텍사스촌 이야기를 한다. 선미의 모든 말들은 텍사스촌에서 왔는지 모른다.

거울 앞에서 우리는 펄 시스터즈가 되어 간다. 함께 춤을 추고 노래를 했다. '일곱 빛깔 무지개가 고운 옷 입고 조용히 찾아와 들려 준 그 말은 사랑의 기쁨.' 그때 선미에게는 단 한 갈래의 길이 있었을 뿐이다. 산복도로를 내려가 텍사스촌 방향으로. 그리고 기차가 꼬리를 감추는 부산역의 끝에서 더 멀리 떠나 말 달리는 진짜 텍사스로. 우리는 졸업을 하고 난 후에도 펄 시스터즈가 되어 만나야 한다고 서로 눈빛으로 말했다. 아주 멀리 헤어져 있다 해도 삼십 년쯤 지나서 무지개가 들려준 말을 찾아 함께 만나야 할 것을 느꼈다.

이곳에 온 것을 엄마는 모를 것이다. 알면 곤란하다. 엄마에게는 선미의 이야기를 하지 않는다. 선미의 집에서 선미의 집 그릇에 든 물을 마시고 선미의 방 안에서 선미의 담요가 깔린 침대 위에 누워 서로 자신들의 속옷과 속살을 보여주는 이런 날들은 결코 오래가지 못할 거라는 예감이 들었다. 나와는 너무도 다른, 그러나 나의 자매 같은 아이. 하지만 아무도 좋아하지 않는다는 걸 안다. 선미의 집에서 느껴지는 뭔가 비밀스럽고 어른스러운 속삭임들은 나를 설레게 했다. 이곳에 다시 오면 분명 나는 스스로 너무도 낯설어질 것을 알았다. 하지만 선미만이 우리의 관계를 끝낼 수 있을 거라는 느낌이 들었다. 선미가 오라 하면 나는 재빨리 달려갔다. '이제 그만 가버려.' 하고 화를 내면 나는 그 비탈진 산복도로 길을 뛰어내려 어둑한 나의 집으로 돌아왔다. 나의 집은 산복도로와 텍사스촌의 중간쯤, 그러니까 선미가 그려 놓은 지도의 가운데, 한 이름난 병원 가까이 있었다.

서둘러야 한다. 언젠가 가을이 지나고 겨울이 오기 전에 나는 선미와 학예회를 위한 펄 시스터즈 공연을 준비하기로 약속했다. 그러니 비오던 날 초량의 산복도로 계단을 오르내리며 나는 마치 천국과 지옥을 함께 날아다니듯 선미와 돌아다녔다. 산복도로의 집들은 바다 끝 파도가 반짝이는 부산항을 집안의 정원처럼 들여놓았다. 선미의 산복도로 계단 집에서 내려올 때면 나는 늘 길 한 모퉁이에서 부산항 쪽을 바라보았다. 먼 바다에서 온 선원들이 배에서 내려 텍사스촌으로 스며들 듯 걸어 다니는 모습을 상상했다. 텍사스촌에는 선미의 언니뿐 아니라 아마 오토바이를 타고 다니던 나의 삼촌도 있을지 모른다.

그렇다. 삼촌을 생각하면 답답해진다. 선미에게 괴물이 있다면 나에게도 삼촌이 그런 존재였다. 엄마의 속을 다 태우고도 삼촌은 아무렇지도 않은 듯 혼자서 번듯하게 살고 있는 괴물이었다. 엄마와 내가 초량동으로 오게 된 것도 다 삼촌 때문이었다. 삼촌만 아니라면 우리는 이곳에서 살지 않았을 것이다. 또 초량시장의 메리야스 가게에서 엄마가 밤늦도록 사람들과 수다를 떨며 물건을 팔고 있지 않아도 되었을 것이다. 삼촌은 엄마의 동생이라지만 엄마와 하나도 닮지 않은 배다른 동생이고, 나에게는 한없이 부끄러운 수치심의 표상이었다. 태어나지 않았으면 좋았을 거라는 친척들의 지청구로 점점 더 삼촌은 게으르고 무능해져 갔고 교활하기까지 한 날라리가 되어 갔다. 비밀은 묻어 두면 더 커져 간다지만 엄마는 삼촌에게 돈을 떼인 것을 누구에게도 말하지 못했다. 그러니 초량은 어쩌면 처음부터 우리 가족에게 위태로운 곳이었는지 모른다.

선미의 다락방 아래 부엌에는 아주 검은 나무로 된 찬장이 있었다. 그 속에 반듯하게 백자 그릇들이 있었다. 선미의 집과는 어울리지 않는 그릇들. 지금은 아무도 쓰지 않는 그릇의 몸통에는 파란 빛의 목숨 '수(壽)'라는 한자가 있었다. 선미의 할머니가 쓰던 그릇들은 고급스러운 집과 어울릴 듯했다.

"할머닌 손이 아주 예뻤대. 할머니에겐 지금 저 그릇들만 남아 있거든. 얼마나 소중하게 여기는데. 나도 저 작은 그릇을 좋아해. 우리 할머니가 부잣집 딸이었다는데 믿을 수 있겠어? 사람은 살면서 열두 번도 더 변한다고, 그래서 나도 앞으로 몇 번은 더 변할 거라고 그랬어."

"그래 변하겠지, 우리는. 좀 더 크면."

"여긴 산복도로고 저 아래 초량시장을 내려가면 불빛이 아주 번쩍거려. 우리 집 지붕에 올라가 늘 내려다 봐. 우린 더 올라갈 데가 없대. 이제 저 아래로 내려갈 수밖에 없다고 했어. 넌 모르겠지만."

선미는 희고 작은 그릇처럼 순간 조용하게 말했다. 그날은 참 이상하게 찬장의 그릇들까지 조용히 숨 쉬고 있는 것 같았다.

"잠깐만."

선미는 내 입을 손가락으로 가로막았다. 밖에서 우지끈 뭔가 부러지는 소리가 났다. 내 입에 댄 선미의 손가락에서 희미한 화장품 냄새가 났다.

"아버지가 왔어."

선미는 마치 공습훈련에 참가한 소녀처럼 내 손을 잡아 이불 속으로 밀어 놓고 문의 안쪽 열쇠걸이를 잠갔다. 벽 쪽에 놓여 있던 무거운 의자를 밀고 와서 방문 앞에 두었다. 그토록 초조하게 기다리는 사람이 아버지였나? 선미의 아버지 얘기는 잘 들어보지 못했다. 선미에게는 텍사스촌에 나간다는 언니와 식당 일을 하는 할머니, 그리고 텍사스촌의 이모들이 우글거렸다. 그건 우글거렸다는 말이 맞았다. 장독에 든 흰 쌀알처럼 투실한 구더기가 장독의 뚜껑을 덮어둘수록 늘어나듯 아이들 사이에서 번져 가는 음흉한 소문들을 먹고 자라는 선미의 이모들. 양공주들이라고 그랬다. 선미는 다락방 창을 가리켰다. 다락방 창을 타고 나가 기왓장을 밟고 지붕 위로 도망가면 된다고 속삭였다. 여전히 그애의 손에서 풍기는 향기는 갑작스러운 상황에 어울리지 않게 부드러웠다.

"병원에서 나와서 또 술을 마셨다. 죽어라고 할머니랑 싸워. 그러면 또 그릇들을 하나씩 부수어 버리거든."

훗날 나는 선미가 아이들 사이에 당한 따돌림을 알게 되었을 때 바로 이 순간 집안으로 들어선 선미 아버지의 엄청난 구타를 떠올리지 않을 수 없다. 은근한 따돌림의 눈치가 괴로웠을까 아니면 부수고 때리는 아버지의 술주정이 더 괴로웠을까? 선미의 집 어디선가 뭔가 터지고 부러지고 병들이 깨지는 소리가 났지만 우리는 다락방에서 홑이불을 뒤집어쓰고 숨죽였다.

"그냥 귀 막고 조용히 있어. 조금만 있으면 잠이 들 거야."

어딘가가 와장창 떨어져 나가 버릴 것만 같았다. 선미의 집은 파손되고 있는 배 같았다. 하지만 선미의 얼굴은 하나도 놀라지 않았다.

"근데 이건 무슨 향기야?"

"아스트리젠터 토너야. 너도 발라 줄게."

선미의 손가락에 향기가 있었다. 웃기는 건 동물의 습격을 받듯 가슴이 쿵쿵거리는 그 순간에도 나는 이름도 낯선 그 냄새를 맡는다는 거다.

"아, 냄새 좋다."

낯선 이름의 화장수는 무슨 독약의 이름처럼 가슴에 새겨진다. 방문이 흔들렸다. 우리는 질린 얼굴로 서로 바라보았다. 어느 공사장에서 술주정을 하다 쫓겨나 한동안 병원에 입원했다가 몇 달 만에 돌아왔다는 선미의 아버지였다. 문을 두드리는 소리가 거칠어졌다. 열어야 할까? 모르는 척 숨 죽여 있을까? '사람이 사람답게 살아야 사람이지. 인간을 무시하는 지 놈덜. 문 열어라.' 밖에서 들리는 소리의 주인공은 아마도 선미의 집에 살고 있는 괴물일 것이다. 선미가 그토록 보여주기 싫어하는 아버지인지 모른다.

"엄마 아니라 나라도 도망가겠다. 사람답게 사는 게 저거야? 너 집에 그만 가. 신발은 대문 밖으로 던져줄게."

내 등에 땀이 솟았다. 나는 가방을 거머쥐고 다락방 창을 열었다. 나는 창을 통해 지붕으로 미끄러지듯 내려갔다. 돌아보면 어쩐지 선미의 얼굴이 울고 있을 것 같다. 이상한 모습으로 변해서 이상한 얼굴을 하고 나를 보고 있을 것 같아서 나는 뒤돌아보지 않고 뛰기로 했다. 나는 선미를 떠나 산복도로의 아랫동네 나의 집으로 팅겨 나가듯 달려 나갔다.

. .

초량동 나의 옛 집 일대는 재개발이 추진되고 있었다. 그 재개발은 벌써 십 년 전부터 추진되었다가 무산되기도 하고 그랬다. 산복도로 아래 생겨난 커다란 고층 건물 두 개 동은 산복도로에서 볼 수 있던 바다를 막아 버렸고 멀리서 보면 산복도로의 모습을 가려 주는 가림막이 되었다. 우선 선미의 집을 찾고 싶었다. 산복도로에 남아 있는 그 계단의 끝에 가면 그애의 집이 남아 있을 것 같았다. 동네 곳곳은 삼십몇 년 전의 모습 그대로 남아 있는 집들이 있었다. 삼십 년이 더 흘렀지만 이곳에는 그때의 모습 그대로 삭아 버린 목조 건물들을 만날 수 있었다. 나는 골목길 구석구석을 샅샅이 돌아보았다. 하지만 아무리 돌아보아도 선미의 집이었던 곳은 찾을 수가 없었다. 길은 오래전 선미가 내게 그려준 그 타워형의 둥글고 넓적한 빵을 닮은 그 지도를 떠올리게 했다. 내가 살았던 그 구역은 마치 베어 먹은 둥근 카스테라 빵의 테두리처럼 비어 있었다. 빵의 한가운데를 차지하던 성분도병원도 이전한 지 오래되었지만, 건물은 철거가 되지 않은 채 을씨년스럽게 남아 있었다. 내가 아주 짧게 살았던 그 집도 낡은 채 그대로 남아 있었다.

"약속은 이미 했어. 우리는 언제나 초량동에서 만나고 술을 마시지. 너도 한번 올래?"

나는 우연히 만난 한 친구로부터 어릴 적 친구들 모임이 있다는 얘기를 들었다. 벌써 오 년째 만난다는 그들이 누군지 잘 기억나지 않지만, 모두 산복도로에 살았던 초등학교 동창들이라고 했다. 먼 곳에서 살고 있어도 굳이 초량동의 어느 돼지갈비 집에서 만나는 것은 옛 기억을 되살리자는 뜻이라 했다. 그들도 텍사스촌과 산복도로 사이의 꼬불꼬불한 기억을 하나씩 갖고 있을 터였다. 나는 그

친구에게 찾아가겠다고 말했다. 그게 나의 초량동 옛 집을 찾게 된 까닭이다.

엄마와 나는 이곳을 진작 떠났다. 내가 초등학교를 졸업한 직후였다. 나는 산복도로의 비탈길과 계단을 올라가 선미의 옛 집을 다시 보고 싶었다. 그리고 텍사스촌에 가봐야겠다고 생각했다. 그런 다음 초등학교에 들러 그곳에서 선미의 기록을 열람할 생각이었다. 누군가 왜 찾느냐고 묻는다면 그애가 나의 잃어버린 펄 시스터라고 말하리라고, 아니면 이제야 찾게 된 나의 쌍둥이라고. 오래전 그 교장실은 다시 증축이 되었을 것이고 새로운 의자와 탁자가 놓여 있을 것이다. 교장은 나에게 차 한 잔을 권할 수도 있고 학교 졸업생들의 소식을 물어 올 수도 있을 것이다. 선미는 이곳을 떠나 멀리 미국으로 가고 싶다고 했다. 그애는 지금 어디까지 갔을까?

초량동의 한 산부인과 병원을 지나면서 나는 그 병원이 이미 오래전에 폐허처럼 버려진 것을 보았다. 산부인과의 병원은 유리창이 깨지고 간판마저 간당간당거렸다. 어쩌면 오래전부터 이 병원에는 새로 태어나는 아기가 없는지도 모른다. 걸어오는 내내 세 군데 이상의 건물이 이미 폐업 신고를 한 듯 텅 비어 있었다.

내가 여행한 외국의 어느 도시처럼 몇 십 년이 지나 초량의 산복도로에 내렸을 때 나는 이방인처럼 낯설었다. 그런 뒤 모든 게 그때와 다름없이 존재한다는 것에 놀랐다. 오래된 도시인 이곳에는 그 어느 누구도 새로 시작할 마음으로 찾아오지 않을 듯했다. 사람들은 삼십몇 년 전과 다름없이 산복도로의 퍼즐 조각 같은 집들 사이를 오가고 있었다.

　나는 분명히 이곳을 열세 살 되던 해 졸업과 함께 떠났고 그 후로 많은 시간이 흘렀지만, 이곳에 오자 이내 선미의 손에서 나던 스킨 향기를 떠올렸다. 나는 나이가 들면서 선미의 집을 점차 잊어버렸고 선미의 아버지에 대한 소문도 떠올리지 않았다. 오래전 선미가 학교를 나오지 않은 것도 왜 그랬는지 알려고 하지 않았다. 무엇이 무서워서일까? 전학을 갔는지 자퇴를 했는지 생각해 보지도 않았다. 졸업 앨범에 선미가 없는 것만은 확실했다. 그애가 즐겨 타던 학교 놀이터의 그네에서 선미의 모습이 사라졌고, 나는 그애의 다락방에서 달아나듯 뛰어 내려왔다. 공연을 하자던 약속과 함께 나는 왜 그렇게 빨리 그애를 잊었을까?

　그때 산복도로의 다락방에는 함부로 문을 열어 줄 수 없던 괴물들이 집집마다 하나씩 살았을 것이다. 그건 가난이거나 술병이거나 수치심이거나 간에 모두 인생에서 쉽게 풀 수 없는 문제들이었다. 살다 보면 그건 어쩌면 절대 다 풀리지 않는 것이라는 걸 알게 될 것이지만 말이다. 선미는 정말 어디까지 갔을까?

· ·

　"톡톡톡…… 독독독."
　학교의 교장은 커다란 교장실의 의자에 앉아 볼펜 끝으로 의자의 손잡이를 두드렸다.

"이 선미는 어떤 아이냐?"

뭐라고 답할까? 이 늙은 교장 선생님은 정말 그걸 알고 싶기에 묻고 있을까? 교장 선생의 목에 맨 좁고 칙칙한 색의 벽돌색 넥타이가 나를 더 노려보는 것 같았다. 하지만 할 말이 없다. 일주일 전 선미의 집에서 지붕을 타고 내려온 것을 벌하려 함인가? 아니면 선미와 함께 펄 시스터즈를 흉내 내고 춤을 추었기 때문인가? 혹 선미가 금지된 영화를 보다가 걸리기라도 했던 적 있던가? 나는 머리를 굴려 보기도 하고 기억을 짜내어 보기도 했다. 나는 짧은 시간 동안 교장실 창밖 화단에 있는 이순신 장군의 검은 동상을 바라보았다. 늦가을의 햇살이 동상 위에 내리고 있었다. 교장실의 딱딱하고 낡은 녹색 의자에 앉아서 밖의 동상을 바라본 사람은 아마 나밖에 없을 거라는 생각이 순간 들었다.

"선미는 그네를 잘 탑니다. 그리고 지도를 잘 그려요."

더 뭐라고 했는지 내가 한 말이 기억나지 않았다. 교장 선생은 양복 주머니에서 펜을 꺼내어 뭔가를 적었다. 내가 선미의 유일한 친구였는지 모른다. 얼마 전 담임선생이 선미의 집을 아느냐고 물었을 때 나는 모른다고 했다. 선미의 집은 아무도 아는 이가 없었다. 모른다 해도 어쩔 수가 없을 것이다.

담임은 늘 운동복을 입고 다녔고 늘 호루라기를 목에 걸고 다녔다. 선미가 학교에 나오지 않았고, 아침 조례 시간에 담임은 학급 아이들에게 선미의 집을 알고 있는지 물었다 .

"선미가 학교에 오지 않는 이유를 아니? 선미 집은 주소가 틀려."

선미가 학교에 나오지 않는 이유를 내가 말해 주어야 한다는 듯 꼿꼿한 얼굴로 담임은 말했다. 담임은 선미를 좋아하지 않았다. 선미로 인해 문제가 생긴다는 것은 수업 시간에 지장을 주는 일이었을 것이고 귀찮은 일이었을 것이다. 담임은 선미의 출석을 부르지도 않았다. 나는 교장실로 불려 갔다.

"선미는 나와 함께 펄 시스터즈가 되고 싶었던 친구랍니다. '사랑의 교실'을 잘 부르던 아이였고 그네를 좋아했어요. 며칠 감지 않아 냄새가 나는, 그래서 유난히 기름기가 도는 검은 단발머리를 하고 있던 선미는 늘 그네를 탔어요."

선미의 언니가 다니는 텍사스촌 술집에서 선미는 잠이 들었고 선미는 단속에 걸렸다고 했다. 아니 그 이전 선미의 아버지가 비오는 날 산복도로 어느 자전거포 앞에서 누군가의 칼에 찔린 채 쓰러져 있다가 병원에서 얼마 뒤 죽었다고 했다. 경찰이 범인을 찾느라 집집마다 돌아다닌다는 소문이 무섭게 퍼졌다. 그 즈음 산동네 이웃에 살던 한 남자가 스스로 목을 매 죽은 일이 있었다. 우리는 산복도로의 어둡고 한적한 길을 피해서 다녀야 했다. 학교는 소문들이 부풀려지는 곳이었다. 그렇다. 술에 취한 아버지가 죽었다는 것을 빼면 선미는 여전히 그네를 잘 타는 여자애였는데 선미는 사라졌고 선미의 집에는 아무도 없었다.

'그애는 펄 시스터즈의 노래를 잘 불렀어요. 쉬는 시간이면 학교 운동장 그네를 타고 있었어요. 교실에서 벗어난 어떤 시간이든 그애는 그네 위에 있었지요. 그애가 입은 보랏빛 나팔바지는 짧아서 그애의 발목이 그대로 나왔어요. 난 열두 살이지만 선미는 나보다 한 살이 많았어요. 키도 두 뼘 정도 더 컸어요. 가끔 그애는 선심을 써서 누군가를 앉히고 그애의 다리 사이에 자신의 발을 넣어 함께 가속을 내며 그네 탔습니다. 쉬는 시간 내내 왔다 갔다 하며 그네가 찍을 수 있는 극대점을 찾아 구르고 또 굴렀어요. 그래서 멀리서 보면 그애가 입은 보랏빛 바지와 빨강 윗옷이 무지개처럼 피었다가 지곤 했어요. 그러고 보니 선미는 무지개 같은 아이였네요. 어쩌면 멀리서 볼 때 더러운 색깔을 지우고 있는 이상한 무지개. 선미는 춤도 잘 추고 욕도 잘 했어요. 학교 애들은 산복도로에 사는 애들을 무서워했어요. 하지만 그애는 아주 조용할 때도 있었어요.' 나는 속으로 중얼거렸을 것이다.

"넌 아무것도 모르는구나. 경찰서에서 조사가 나오는 학생이 우리 학교에 있다니 참 유감스럽다. 너 아버지는 뭐하시니?"

내가 한 마디도 하지 않았다는 것으로 교장은 나를 착한 아이라 말했다. 중동에 가 있는 아버지를 산업의 역군이라고 말했다. 혼란스러운 그 일은 끝내 정리가 되지 않았다. 내가 한 말이 교장에게는 들리지 않았을까?

· ·

길은 북적거리는 초량시장에서 다시 시작되었다. 나는 이제 한 시절이 간 듯 명성이 사라진 텍사스촌을 향해 걸었다. 그때 선미와 함께 텍사스촌에 가보았다면 어땠을까? 텍사스촌의 막다른 골목 어느 낯선 댄스홀의 문이 열리고 반짝이는 옷을 입은 채 펄 시스터즈의 노래를 부르는 선미를 나는 꿈처럼 한 번씩 상상했다.

시장 안으로 들어가자 엄마의 가게가 있던 자리가 보였다. 시장에서도 텍사스촌에서도 엄마는 언제나 삼촌을 잡으러 다녔다. 삼촌은 엄마의 통장에서 돈을 가져갔고, 늘 사업을 해서 갚겠다고 큰소리를 쳤었다. 삼촌이 한 번씩 나타났다 사라지면 엄마의 물건들, 손목시계며 옷감이며 가방이 없어지고는 했다. 그 후로 사업을 한다며 빌려 가는 돈의 액수가 점점 늘어났다. 내가 본 삼촌은 늘 오토바이를 타고 가죽 부츠에 헬멧을 쓰고 있었다. 삼촌은 정말이지 폼을 중요하게 여기는 사람이었다. 엄마의 하나뿐인 동생이지만 엄마가 집을 판 돈을 은행에서 넣어주는 척하다가 꿀꺽해 버렸기에 엄마는 삼촌을 잡으러 다닐 수밖에 없었다.

"초량 어느 구석에 있다더냐? 내가 초량을 다 뒤져서 네 삼촌을 찾아내야겠다."

누군가의 전화통화 끝에 엄마는 오직 삼촌을 찾겠다는 생각으로 나를 데리고 초량으로 왔다. 아버지가 중동에 가 있는 이 년 동안 엄마는 삼촌을 찾고 삼촌에게서 돈도 받아내자는 생각이었다. 엄마는 삼촌을 찾느라 텍사스촌도 가보았다고 했다.

"말도 마라. 그곳은 어찌나 요란한지 내가 들어가다가 그냥 나왔어."

양말을 벗으면서 물을 들이키는 엄마는 말도 마라고 했다. 엄마에게 텍사스촌은 세상의 하수구고 걸레를 빤 더러운 물들이 고여 있는 곳이었다. 여자들이 옷을 벗어 던지고 그것도 모자라 양놈들한테 붙어먹고 있는 데라니. 초량의 아랫동네에 텍사스촌이 있다는 것으로 엄마는 초량이 오래 살기 힘든 곳이라 생각했다. 그럴 때마다 나는 산동네의 아래로 걸어 내려가 텍사스촌으로 가고 싶어 하던 선미를 떠올렸다.

엄마는 잠을 자다가도 삼촌이 가져간 돈이 얼마나 큰지 우리가 어떻게 일 년을 보낸 것인지 잠꼬대처럼 중얼거렸다. 도마뱀이 방안의 벽에 붙어 있었다. '네 아버지가 알면, 네 아버지가 알면 나를 그냥 두지 않을 거야. 그게 어떤 돈인데.' 그래선지 이사를 온 뒤 처음 몇 달 동안 엄마는 흐린 날 멀리 항구에서 들리던 무적 소리에 늘 울고는 했다. 도마뱀이 지나가던 그 소리에 놀라, 깊은 밤에도 나는 잠이 깨고는 했다. 불안. 선미에게 말하지 않았지만 내게도 불안은 있었다. 도마뱀처럼 어둠 속에서 고요히 지켜보던 그것. 엄마는 파리채로 도마뱀을 쫓아버렸지만 나는 밤중에 그것이 다시 벽을 지나가는 소리를 들었다. 무서웠던가? 때때로 나는 어쩌면 칼에 찔려 죽은 사람이 선미 아버지가 아니고 이웃의 다른 남자가 아니었을까 하고 생각했다. 그러면 선미의 집 검은 찬장에 조용히 엎어 놓았던 오래된 백자 그릇들이 떠올랐다. 선미의 아버지가 그 그릇들을 다 깨뜨리지 않았을 거라고, 오십 년도 넘은 그릇들이 달그락거리며 울고 있는 선미를 위로했을 거라고 생각했다. 우리가 함께 펄 시스터즈가 되지 못했어도 선미는 이사를 가버린 나를 이해해 주었을 것이다.

어느 날 삼촌의 오토바이가 잠깐 골목길에서 보였다. 삼촌은 우리 집에 라면 한 박스를 떨구어 놓고 갔다. 삼촌은 엄마가 없는 시간에 도적처럼 왔다가 뭘 두고 가기도 했다. 삼촌은 뭘 하느라 그렇게 바쁘게 바람처럼 돌아다녔을까? 엄마는 삼촌이 어떤 여자를 만나고 있다고 결론을 내렸다. 아마도 텍사스촌에 있는 어떤 여자를. 그곳에 있는 도로시나 메리 정도일 거라고. 저게 미쳤나? 그 많은 돈을 털어 넣으면 미스 코리아도 데려올 수 있을 거면서, 그런데 텍사스촌 여자라니 하며 엄마는 또 울었다. 삼촌의 오토바이 소리는 멀리서 들어도 구별이 되었다. 가죽 부츠를 신고 힘차게 발을 굴려 세 번 정도 시동을 걸어야만 경쾌하게 오토바이는 몸을 떨었다. 삼촌은 산뜻하게 골목길을 빠져나갔다.

"그냥 그게 내 돈이 아니라고 생각해야지. 도망 다니는 놈을 무슨 수로 찾을 수 있어?"

엄마는 삼촌에 대해, 삼촌이 가져간 돈에 대해 포기를 했다. 하지만 한 번씩 치밀어 오르는 감정은 어쩔 수 없었다. 엄마는 삼촌 찾는 것을 포기하고 시장의 메리야스 가게에 충실했다. 돈은 없어졌지만 다시 벌면 된다고 했다. 가게의 옷걸이에는 언제나 여성용 속내의가 몇 벌씩 걸려 대롱거렸다. 엄마는 그곳에서 옷걸이에 매달린 내의처럼 후줄근해질 때까지 일했다.

삼촌이 마지막으로 우리 앞에 나타난 게 언제일까? 텍사스촌의 골목길에서인지 아니면 산복도로의 길인지 잘 모르지만 오토바이를 타던 삼촌은 누군가와 부딪혀 허공을 향해 붕 떠오르다 길바닥에 나가 떨어졌다. 삼촌의 어깨와 허리가 으스러져 버렸다는 얘기가 사실인지 알 수가 없다. 엄마가 삼촌을 찾아 달려갔지만 삼촌은 다시 엄마에게서 더 멀리 떠나 버렸다고 했다. 그리고 이제 더 이상 어디로 뒤쫓아 가야 하는지 알 수 없는 엄마는 초량이 지긋지긋하다며 떠나고 싶다고 말했다. 그 뒤로 삼촌은 보이지 않았다. 하지만 엄마는 삼촌이 초량동 어딘가에 집을 사거나 땅을 사서 묵혀 두었을 거라고 믿었다.

나는 세상의 두 갈래 길의 끝과 끝을 모두 보아 버린 느낌이었다. 산복도로 비탈길 어딘가 오토바이를 타고 거침없이 돌진하는 삼촌의 뒷모습이 보인다. 마치 하늘을 날 듯 삼촌은 오토바이를 타고 있었을 것이다. 곧 고꾸라져 버릴 걸 알면서도. 그리고 산동네를 내려와 어쩌면 부산역으로 기차를 타고 떠났거나 혹은 텍사스촌을 스쳐 내가 모르는 곳으로 가버렸을 선미의 모습도 그 두 갈래의 길 끝에 간신히 매달려 있었다.

．．

"본적지가 여기 초량3동인가요?"

초량동 주민센터에는 두 명의 직원만 근무하고 있었다. 주민센터도 곧 다른 곳으로 이전할 거라는 공고문이 벽에 붙어 있었다. 재개발이 되면 이 일대의 모든 건물들이 다 철거가 될 것이다. 이제 곧 모든 집들이 헐리고 재개발되면 선미에 대한 기억도 사라질 것이다. 이곳을 다시 찾아온다 해도 멋지게 세워진 새로운 건물들은 아무런 의미가 없을 테니까. 직원들은 느릿느릿 움직였다. 선미의 집 주소를 나는 알지 못한다. 그러고 보니 나는 오래전 우리 집의 주소도 기억하지 못했다. 그래서 '무얼 도와드릴까요?'라는 직원의 말은 의미가 없다. 엄마는 늘 삼촌이 초량동에 눈먼 땅을 가지고 있는지 궁금해했고 삼촌의 뒷조사를 해야 한다고 했지만, 삼촌이 그럴 능력이라도 갖고 있었을까?

"토지대장을 보시겠어요? 연락처를 남기려면 여기 적으시고 문을 닫고 가세요."

나는 선미와 내가 살았던 땅의 주소를 한번 확인하고 싶었을 뿐이다. 초량은 내가 아주 잠깐 살았던 곳이고 나의 펄 시스터즈인 선미를 알았던 곳이다. 그리고 엄마가 삼촌을 영영 잃어버린 곳이기도 하다. 밖으로 나와 나는 한동안 움직이지 않았다. 약속 장소인 돼지갈비 집은 여기서 얼마 떨어져 있지 않았다. 나는 텍사스촌 방향을 향해 걷기 시작했다.

다시마 여자

밤이 깊었을 때 환하게 밝힌 두 개의 전등은 검은 바닥에 빛을 뿌렸다. 검은 물결이 바다처럼 일렁이는 곳. 미끈거리는 도톰한 질감의 검은 다시마가 물에서 빠져나온 여자인 양 누워 있다.

"넓은 언덕 위에 검은 머리를 푼 인어 같은 여자들이 달빛을 받고 누워 있다고 쳐. 바다 속엔 눈에 보이지 않는 다시마들이 자글자글 거품을 물고 있어. 그 소리만 들을 수 있다면 바다를 안다고 할 수 있지."

아무래도 상상으로 먼저 검은 다시마를 떠올려야 했다.

"바다야 한없이 무섭지. 하지만 사는 일만 하겠어? 열두어 살 여자애들 키만 한 검은 다시마들이 천지를 덮고 누웠고 달빛이 다시마를 비춰. 살아 있는 생물을 다루는 거야. 그 속에 누워 있어 봐. 짜르르 혼자 깊어지는 때가 있어."

그렇게 말한 이는 바다라는 것이 얼마나 넓고 끝없고 갖가지 소리가 숨어 있는지 혀가 꼬일 정도로 재빨리 말했다. 그리고 파도를 닮은 바다 속 다시마 잎의 부드러움에 대해서 '기똥차다'라는 말밖에는 하지 않았다. 그곳은 오직 다시마로 밥을 먹고 다시마 속에서 잠을 자고 다시마 같은 사랑을 하게 된다고 그랬다.

"그곳에 살고 있는 사람 중에 다시마가 여자로 변한다는 얘기를 아는 사람은 거의 없어. 본 일이 있어야지. 그 다시마는 이제 다 네 거야."

바다 밑에서 다시마가 숲을 이루는 모습은 여름날 새벽 숲처럼 어슴푸레해서 그 속에 여자들이 숨어 지내는 것도 틀린 말은 아니라고 했다. 여기서 다시마 처녀를 찾으라고, 믿기지 않지만 너라면 볼 수 있을 거라고 꼬셨다.

배로 슬슬 밀며 기어 다니는 달팽이처럼 여자들이 땅바닥에 납작 엎드렸다. 여자들은 재빨리 다시마를 줄에 맞춰 촘촘히 널어놓는다. 여러 개의 줄로 구획을 나눈 넓은 다시마 작업장에 오후가 되면 바다에서 갓 따온 다시마가 들어온다. 공수마을의 바다횟집 옆길을 따라 트럭이 흔들거리며 들어오면 비릿한 바닷내가 코를 찔렀다. 다시마들이 트럭에서 쏟아진다. 그물에 터질 듯 담긴 다시마는 살아 있는 바다 생물 같다. 어디서부터 따라왔는지 파리 떼들이 다시마 그물에 윙윙 달라붙으려고 난리를 쳐댄다.

칼. 잘 벼린 식칼을 휘둘러 그물에서 꺼낸 다시마의 뿌리 부분을 자른다. 미끄러지듯 다시마 잎들이 툭툭 흩어져 내린다. 빨랑빨랑

널어. 일 분, 일 초라도 아껴. 햇볕이 아쉬워. 햇볕에 잘 말라야 부딪힐 때 맑은 소리가 난다. 하얗게 소금처럼 분이 돋아나야 한다. 다시마가 말라 갈 때면 늘 머릿속이 환하게 거풍되고 뼈가 하얗게 육탈된 어느 고원의 풍장이 떠올랐다.

칼로 툭툭 다시마를 자르기 무섭게 일당을 받는 여자들은 제 몫의 다시마로 한 조각 한 조각씩 땅을 채워 나간다. 뜨거운 햇볕도 비를 몰고 오는 바람도 아랑곳하지 않는다. 빈 땅에 한 장 한 장 다시마를 까는 일은 마치 다시마로 언덕배기 조각보를 만드는 것 같다. 노동으로 가득한 이 다시마 작업장이 멀리서는 검은 퍼즐 조각을 꼼꼼하게 맞추는 퍼즐 판으로 보일 것이다. 바닷가 끝 횟집에서 들려오는 색소폰 소리가 바람에 밀려온다. 밤에 그 소리를 들은 적 있다. 그 소리에 다시마가 말라 간다. 파도 소리만으로 여기는 너무 적막하다.

다시마는 열두어 살 아이 키만 하다. 간혹 어른 키에 가까운 다시마도 있다. 왼손과 오른손을 재빨리 놀려 다시마를 펴야 한다. 이곳에서 시간은 돈이고 다시마를 말리는 햇볕과 바람 또한 돈이다. 익숙한 손놀림을 가진 재빠른 여자들이야말로 이곳에서는 보배 같은 존재였다. 작업장을 둘러보는 다시마 사장은 담배를 빡빡 피며 늘 자글자글 끓어오르는 햇볕보다 더 안달이 나 있었다.

바닥에 납작 엎드려 오직 다시마를 펼쳐두고 걷는 일로 하루를 보낸다. 한 획, 한 획 검은 다시마로 팔만 자의 경전을 만들어 가듯이 그렇게 언덕 위를 검은 다시마로 까맣게 채워 둔다. 바람에 후

들후들 흔들리는 다시마가 마치 벗어 놓은 검은 공단 치마인 양 가슴이 설렌다. 밤이 다가와도 다시마들이 산처럼 쌓였다. 다시마는 바다에서 나오자마자 갯내를 풍기며 빠르게 시들어 간다. 오후의 뜨거운 햇살이 폭풍같이 지나가고 허리 한번 펴지 않고 엎드려 천 개의 다시마를 펼쳐 널어도 트럭이 쏟아 놓고 간 다시마를 다 널지 못했다. 다시마 줄에 매달린 여자들이 어둠 속에서 맹렬하게 손을 움직인다. 검은 다시마 위로 작업장 불빛과 달빛이 몰려온다. 바다 속 다시마 숲을 옮겨 놓은 듯 보인다. 간단하지만 길고 긴 작업. 묵묵히 천 번, 만 번을 해야 한다. 어떤 인생이든 다시마 널기처럼 묵묵히 천만 번. 눈물이 슬쩍 다시마 진액처럼 나온다.

밤이 깊어 달이 더 높이 올랐다. 공수마을의 해안가 갯바위에 칭얼대는 젖먹이를 달래듯 파도가 물거품을 만들었다. 뿌연 야크 젖 같은 물거품. 바다 한가운데에서 생겨났지만 해안가 갯바위에게 적막함을 투정하는 파도들이 야크 젖처럼 터지고 있었다. 여기서 평생 다시마 널며 파도를 세어 보기.

"쟈가야, 여기 빨리 밥을 더 가져와라. 밥이 없으면 너를 널어 버릴 테니."

등을 숙인 늙은 여자가 소리를 질렀다. 멀리 다시마 속에 파묻혀 있던 다른 여자들이 웃었다. 여자들은 어둠 속에서 그저 파란 모자이거나 꽃무늬 헝겊 모자로 구별된다. 쟈가, 너는 검은 장화를 신은 걸음으로 트럭에서 부려 놓은 다시마 다발에서 가장 싱싱한 다시마를 골라 칼로 자른다. 너의 검은 장화는 묵묵히 지구 반 바퀴를 돌아 이 바닷가 땅을 저벅저벅 밟는다. 오직 칼로 다시마를 자르는 소리만이 고요 속에 풀을 베듯 슥슥 들린다.

밥 달라는 말은 다시마를 가져오라는 말이다. 쟈가, 네가 아는 한국말은 '밥'과 '빨리', 그리고 '몰라'다. 사람들이 아무렇게나 부르는 너의 이름에서 몽골의 바람과 버터차 냄새가 난다. 너는 몇 년 전 내륙의 모래바람에서 이곳으로 왔다. 그곳은 모래바람에 사방이 움직이는 모래성이 되어 버리는 곳이라고 했다. 처음 너는 바닷바람에도 알타이 산맥에서 부는 달콤한 바람 맛을 느끼려는 듯 콧구멍을 벌름거렸다. 두 달 전 네 어머니가 소식을 전했다. "쟈가, 네 덕분에 푸른 유리창이 달린 작은 집을 샀구나. 그곳의 바다도 이 푸른 유리창처럼 파랗겠지." 네가 이 년 동안 장화를 신고 일해온 그 돈으로 너의 가족은 꿈만 같던 집을 샀다. 그래서 집에 돌아가고 싶어도 너는 다시마를 떠날 수가 없다. 너는 이 바닷가 마을의 바닷물이 네가 알고 있던 알타이 산맥과 연결되었을 거라고 스스로 위안한다. 처음에는 다시마 물결 속에서 잠을 잔다는 다시마 여자를 보고 싶어 했지만 지금의 너는 그걸 믿지 않게 되었다. 오직 고향에 갈 때까지 너는 네가 갖고 있는 칼을 놓지 않기로 했다. 다시마를 베는 그 칼. 다시마를 묶는 파란 비닐 끈과 허리에 찬 식칼과 장화만으로 너는 긴 하루를 산다. 바다에서 다시마를 건져오고 품삯을 받는 여자들에게 다시마를 분배하고 다시마를 널고 다시마를 건조기에 넣기 위해 5킬로쯤 떨어진 건조장으로 드나든다. 바싹 마른 다시마를 규격에 맞춰 자르고 새벽에 일어나 비닐 포장

한다. 오직 허리에 찬 칼자루 하나로 다시마 팔만 장을 해치운다. 어릴 적 여자 친구. 여자의 이름이 무엇이었던가? 기억나지 않는다. 이제 모든 여인의 이름은 다시마다.

오늘밤 달빛에 검은 물결을 이루던 다시마 위에 장화를 벗고 너는 누웠다. 몽골의 그 울란바토르 파란 유리창이 빛나는 집이 아니라 멀리 용궁사가 바라보이는 이곳 바다 마을에서 쟈가, 너는 다시마 여인을 만나는 꿈을 꿀지도 모른다. 어쩌면 은밀하게 깊어져서 바닷속 깊은 줄에 매달려 다닥다닥 피어나는 다시마 포자처럼 너를 터트릴지도 모른다.

밤이 깊어 아무도 없는 작업장에 불빛도 꺼졌다. 검은 공단치마를 훌훌 털듯 바람에 다시마들이 몸을 파르르 떤다. 번들번들한 물기가 조금씩 마르며 다시마들이 수런거린다.

쟈가, 이렇게 긴 숨을 참아 가며 말하고 있는 나는 네가 잊고 있는 바로 그 다시마 여자다. 한 번도 사람들의 눈에 띈 적이 없는 다시마 여자. 이토록 비릿한 다시마의 냄새에서 멀리 초원지대의 야생동물 냄새를 맡을 수 있는 오직 한 존재다. 내가 오래전 인어였는지, 바닷속 해초였는지 잊었지만 나는 바람에 몸을 뒤척이는 저 많은 다시마 속에 지금 숨어 있다.

당신의 일곱 개의 가방

1판 1쇄 발행 2017년 12월 29일

지은이 | 정미형
디자인 | 디자인호야
펴낸이 | 조영남
펴낸곳 | 알렙

출판등록 | 2009년 11월 19일 제313-2010-132호
주소 | 경기도 고양시 일산서구 중앙로 1455 715호
전자우편 | alephbook@naver.com
전화 | 031-913-2018
팩스 | 031-913-2019

ISBN 978-89-97779-95-6 03810

* 본 도서는 2017년 부산광역시, 부산문화재단 지역문화예술특성화지원사업
으로 지원을 받았습니다.